信長鉄道

豊田 巧

ハルキ文庫

角川春樹事務所

信長鉄道

CONTENTS

目次・地図：かがやひろし

一章　国鉄分割民営化前夜

一九八七年（昭和六二年）三月三十一日、国鉄名古屋工場。

戦後まもなく発足した日本国有鉄道、通称「国鉄」は終わりの時を迎えようとしていた。

本日深夜0時をもって国鉄は分割民営化される。

国鉄の終焉《しゅうえん》が、あと十五分と迫った時、名古屋保線区軌道検査長の十河拓也《そごうたくや》は、同じ工業大学の後輩で部下の石田彰《いしだあきら》と、広大な名古屋工場内の道を歩いていた。

「本当に終わるんですね……国鉄が」

十河の背中を見ながら、石田は悔しそうに唇を噛《か》む。

「奮闘努力の甲斐《かい》もなく……というところだな」

既に覚悟を決めていた十河には、まだフッと笑う余裕があった。

二人は大学の先輩後輩とはいうが、歳《とし》は一回り以上離れている。

十河は前厄の四十一歳で、石田は大学を卒業してから三年の二十五歳だった。

大学進学率が三割程度の時代に相模《さがみ》工業大学を卒業して入社した十河は、国鉄内での出世が約束されていたエリート組だった。石田は就職活動で大学の先輩の十河を頼って職場訪問し、その人柄に惹《ひ》かれて入社。名古屋工場保線区を希望して配属されたのだった。

端整な顔立ちの石田には、まだ学生のような若さが残っていたが、既に国鉄で人生の半分を過ごそうとしている十河は、弾が飛び交う激戦地を生き抜いてきた歴戦の勇士といった風貌《ふうぼう》になっていた。

いつの頃《ころ》からか生やし始めた髭《ひげ》が口の周りを覆い、獅子《しし》のたてがみのように顔に馴染《なじ》んでいる。軌道検査長となった今でも「常に現場に立つ」というポリシーで、顔や手は黒々と日焼けしていた。

今日も東海道本線の保線作業があり、十河は丸一日作業していたが、その足取りに疲れは見えない。

十河も石田も保線区員であるため、胸元に大きなフタ付きポケットがある紺の作業服上下を着て、黒革のブーツタイプの安全靴を履いている。

作業明けの服と安全靴は土と油に汚れ、迷彩服のようになっていた。

黄色のヘルメットの正面中央には、国鉄を示す英語表記「Japanese National Railways」の略である「JNR」がロゴ化されて緑で描かれている。

それぞれのヘルメットには勲章のように、様々な傷が刻み込まれていた。

そして……首元に労働組合員の証《あかし》である赤いスカーフを巻いていた。

二人が歩く名古屋工場は、敷地面積十一万平方メートルと国立競技場の約二倍の面積を有する、国鉄の中部地区で最大の在来線車両基地である。

ここでは一時的に車両を停《と》めておくことをはじめ、車体整備、線路の保線、周囲の信号制御などを行っており、眠ることのない騒がしい巨大ターミナルになっていた。

周囲には巨大な工場や高速道路があって夜でも音が絶えず、工場の遥《はる》か向こうを走る東海道本線や新幹線の車両の光が、ひっきりなしに見える。

駅はないため一般客はいないが、国鉄職員が昼夜を問わず百数十名働いていた。

名古屋工場には、列車を留置しておく十数本ものレールが、広大な敷地の東西に敷かれており、深夜である今の時刻は、時折ディーゼル機関車に牽《ひ》かれた貨物列車が大きな音を立てながら横を通り過ぎていく。

国鉄職員同士は阿吽《あうん》の呼吸で分かりあっていて、保線区員がレール至近の作業道路を歩いているくらいでは減速も合図もしない。

T字型の巨大な鉄塔に設置されたライトからの強力な光で、太い枕木《まくらぎ》によって固定されたレールが銀に光り輝いていた。

「うちの保線区は……いったいどうなるのでしょうか？　十河検査長」

真っ赤なテールランプを輝かせて遠ざかって行く凸型の車掌車を目で追いながら、石田は不安そうな表情を浮かべる。

「国鉄分割民営化反対の急先鋒《きゅうせんぽう》だったからな、この名古屋工場の保線区は」

「では、新会社になったら、粛清を受けそうですね」

「そうならないよう願いたいところだが……な」

十河が見上げた空には、航空灯を点滅させる旅客機が轟音《ごうおん》をあげながら飛んでいた。

保線区とは線路のメンテナンスを担当する部署であり、古くなったレールや枕木を交換したり、バラストと呼ばれる線路を支える砂利を整えたりするのが主な仕事だ。

全国に二万キロと言われる路線を保守点検しなくてはいけない国鉄には、保線区に数十万人の者が従事していた。

バラストを踏みながら、石田は心配そうな顔で十河を見つめる。

「それで……国鉄の分割民営化後は、十河検査長はどうするおつもりですか？」

名古屋組合支部長をやっていた十河は、自分の将来がどうなるかを知っていた。

「私は『清算事業団』行きだろう」

顎《あご》ひげに手をあてながら呟《つぶや》く十河に、石田は驚いて聞き返す。

「そんな⁉　十河検査長は国鉄の将来を憂えて組合活動をしたのに、所属する組合が違っただけで強制収容所送りだなんて……」

十河を心から尊敬している石田は、心底怒ってくれている。

だが、十河はもう数か月前から、こうなる覚悟を決めていた。

「我々は負けたのだ……。だから、仕方のないことだ」

「勝った側は『何をしてもいい』ってことですか？」

まだ若い石田には、上層部の処分に納得がいかなかった。

政治家によって「国鉄の分割民営化」が発表されると、国鉄職員の多くは急激な効率化によって「国鉄の良さが失われる」と考え、激しい反対運動を展開した。

だが、五十万人と言われた国鉄職員は、武力闘争を辞さない過激派から、会社の意向に従おうとするグループまで細かく分かれ、まったくまとまらなかった。

本社上層部は「取引出来そうなグループ」を選んで次々に説得、国鉄職員の分断切り崩しを行い、次第に分割民営化賛成者を増やし、今日に至ったのだ。

そんな中、十河らの所属している保線区は、最後まで頑強に抵抗していたグループの一つであり、名古屋組合支部長だった十河には新会社から声もかからず、国鉄職員から「強制収容所」と呼ばれた清算事業団への左遷が、ほぼ決まっていた。

「十河検査長は生粋の保線屋じゃないですか？　清算事業団なんか行ったって、いったいなにをするつもりなんです？」

不機嫌な顔で声を荒らげる石田に、十河は静かに笑ってみせる。

「さぁな。なんでも二十五兆五千二百億円の債務を国鉄から引き継いで、貨物ターミナルなんかを売却したり、貨車を売ったりして返済をしていくそうだ」

「まるで不動産屋じゃないですか⁉」

「リサイクルショップといった雰囲気だろう。どちらかと言えば」

肩をすくめる十河に向かって、石田は両腕を大きく広げた。

「そんな部署は、十河検査長に似合いませんよ！」

自分のために後輩の石田が怒ってくれるのは、十河にとって嬉《うれ》しいような困ったような心境だった。

「仕方がない。負けた労働組合の支部長だったのだからな」

足を止めた十河は、石田の肩に静かに手を置いて続ける。

「いつまでも俺《おれ》に義理立てして話を断り続けるな、石田。大人しく謝って新会社に入れ。君はまだ若いのだから」

「……十河検査長」

「石田くらいの才能があれば許してくれるはずだ。抵抗運動については『先輩の十河に逆らえなかった』と言えばいい――」

そんな言葉に被《かぶ》せるような勢いで、石田は言い放つ。

「自分は十河検査長に、どこまでもついていきます！」

十河には、そう言われることの方がつらかった。

「そう感情的に人生を歩むな、石田」

「しかし、本当に残念です。国鉄の分割民営化を阻止出来なかったことは……」

石田は奥歯を噛んだ。十河は再び歩き出し前を見たまま呟く。

「やるべきことは全《すべ》てやった。我々としてはな……」

そんな二人の前に、赤レンガ造りで三角屋根を持つ複線機関庫とトタン屋根の二階建てプレハブ小屋が見えてくる。このエリアは保線区の資材置き場となっていて、レールや枕木、バラストが山と積み上げられ、それらを貨車に積み込む時に使用する、オレンジに塗られたフォークリフト、パワーショベルなどが置かれていた。

プレハブ小屋は保線区の詰所だったが、数年前からは分割民営化に抵抗する組合の拠点の一つとなっていて、まるで砦《とりで》のような様相を呈していた。

モスグリーンの壁には「合理化反対！」「奪回！」「不当弾圧粉砕！」「最終的勝利」といった勇ましい文字が白ペンキで殴り書きされている。

扉が開いたままとなっている機関庫内を見た十河は、ため息をつく。

「アジを書いたのか？　C11にまで」

名古屋工場で動態保存されていた、蒸気機関車C11形の正面にある丸い煙室扉にまで、白ペンキで「スト決行！」と煽動《せんどう》スローガンが書かれていたのだ。

「下山《しもやま》さんが『どうしてもやる』って聞かなくて……」

十河が背伸びをしてC11形の向こうを見つめると、金赤色の凸型ディーゼル機関車DD16形が平行に置いてあって、その車体にもアジがしっかり書き込まれていた。

「なんの意味がある。今さら機関車を汚すことに」

十河は小さく舌打ちをした。

整備区車両検査掛である下山幸一《こういち》は、単なる憂さ晴らしに書いたに過ぎない。

今さらこんなことをやっても、あと、数分で国鉄は解体されるのだから。

プレハブ小屋の戸の前に着いた十河は、立ち止まって大きく深呼吸をする。

部屋の中からはテレビの音が響いていた。

十河の脳裏には(私達が数年かけてやってきた組合活動は、全て無駄だったということか)という想《おも》いが去来し、組合員が待つ中へ入るのに少し勇気が必要だったのだ。

意を決した十河が戸に手をかけた時、手首のメタルベルトの腕時計が目に入る。

「23時55分……いや、時計が止まっているのか?」

十河は手首を何度か振ってみたが、時計の秒針は止まったままだった。

「今、何時だ? 石田」

自分の腕のデジタル時計を石田は見る。

「あれ……変ですね。自分の時計も止まっています……23時55分で」

「国鉄がなくなる寸前に壊れるとは、気が合うものだな」

石田に向かって微笑《ほほえ》んだ十河は、アルミの引き戸に手をかけて開いた。中にいた組合員が、いっせいに十河と石田に注目する。

『十河さん……』

約十畳の一階の集会場にいた組合員からは、ため息混じりの声が響いた。

この時部屋に集まっていた組合員は、十河の部下である保線区が四名、運転区一名、車掌区一名、整備区二名の合計八人だった。

彼らが見つめていたのは、壁際に置かれた一台の十四インチブラウン管テレビ。少し丸みをおびた画面にはニュース番組が流れ続けており、東京駅丸の内口からの生中継では、男性レポーターが国鉄の消滅を秒読みしていた。

《総延長約二万キロ。全国津々浦々にレールを敷き、戦後から約四十年にわたって運営してまいりました国鉄が。ついに……ついに終わりの時を迎えようとしています。そんな最後の瞬間が東京駅にも刻一刻と迫ってきております》

無論、テレビのレポーターも仕事だが、秒読みは国鉄職員にとっては死刑宣告であり、0になった瞬間に首へ鋭い刃が落ちてくるような気がしていた。

「今日だけ盛大に報道するんだな……マスコミっていうのは」

手に持った重そうなダンベルを上下させながら、保線区で一番のマッチョな藤井《ふじい》正博《まさひろ》が画面を睨《にら》みつけた。

十河もメディアを憎んでいる。政治家どもの手先となって「国鉄が分割民営化するのはしかたがない」という風潮を、国民の間に作り上げたからだ。

マスコミは「国鉄の赤字は、血税の垂れ流しだ」とバッシングしたが、国鉄が赤字に陥ったのは、職員が怠慢だったからではない。多くの原因が絡み合った結果なのだ。

だが、国鉄側に弁明のチャンスはなく、問答無用で分割民営化に追い込まれた。

立ったまま十河が画面をボンヤリ見上げていると、保線区・軌道検査掛の磯崎連太郎《いそざきれんたろう》が折りたたみ椅子《いす》を置く。

「十河検査長、こっちの椅子に座りながら見てはどうかね」

十河は「すまん」と言いながら腰かけた。

保線区で一番年齢が高い磯崎は、すっかり白髪となった髪を後ろへ流しながら十河に微笑みかけた。磯崎は組合活動を支援したが、定年が近いこともあってこれを機会に退職し、好きな歴史研究をしながら余生を過ごしたいと考えていた。

その時、部屋の奥の方で不機嫌な顔で片膝《かたひざ》を立てて座っていた整備区の下山幸一が十河を睨みつける。

機関車にアジを書き殴った下山は、十河に武力闘争を提案していた過激派だった。

「このままなにもしねぇのか？　十河検査長さんよぉ」

オイルに汚れた紺のツナギ姿の下山は、被っていた略帽を床に叩《たた》きつけた。

グレていた中学の頃のままに、不良のような口ぶりだった。

下山は、国鉄が音を上げるような過激な活動をすれば「分割民営化を阻止出来る」と考え、こんな形で終わることに納得がいっていなかった。

「下山、今日で国鉄は終わる。我々の活動も今夜で――」

そんな十河のセリフを下山は大声で遮る。

「うっせぇんだよっ！」

その瞬間、整備区で下山の部下の加賀山勝彦《かがやまかつひこ》が「おっ」と声をあげ身を乗りだす。

「いいっすね、下山さん。ハッキリ言ってやってくださいよ」

盛り上がればなんでもいいと思った加賀山は、適当にはやし立てた。

加賀山に主義主張などはない。趣味のバンドで担当しているギターが唯一の関心事で、「女にモテるか？」くらいしか気にならないタイプだ。組合活動を手伝ったのも、ただ「面白そう」と思っただけだった。

下山も加賀山も機関車や貨車などのメンテナンスを行う整備区所属。

国鉄での車両の整備方法は「体に叩き込む」といった厳しい教え方のために、体育会的で少々荒っぽい集団になることが多かった。

横に置いてあった全長一メートルはあろうかというディーゼル機関車整備用の重いスパナを引きずりながら、下山が椅子からユラリと立ち上がる。

「あんたが甘いこと言ってたから、分割民営化しちまったんだろうがっ」

その瞬間、十河の右腕と呼ばれる高木英《たかぎひで》が、一本の竹箒《たけぼうき》を持って十河を守るようにして前に立つ。

「やめないか。別に国鉄が解体されたのは、十河検査長のせいじゃないだろう」

高木は普段は穏やかだが、こうした時は目の奥から鋭い光を放つ。

下山がすぐにスパナで殴りかからなかったのは、前に立ち塞《ふさ》がった高木が剣道三段の腕前で、社内の剣道大会での活躍をよく知っていたからだ。

その迫力に下山は気圧《けお》され少し上半身を引く。

「だったら、誰《だれ》が悪かったんだよ⁉ 高木さんよぉ」

下山は「あぁ～」と叫び、身長百八十五センチある高木を見上げるように迫った。

「誰のせいでもない。強いて言えば……国鉄職員全員の責任ってことだろう」

「そんなことで、ごまかされねぇぞっ」

奥歯をギリッと噛んだ下山は、目を血走らせながら高木を睨みつけた。

高木の肩に手を置いた十河は、高木を右へよけて下山の前に自分で立つ。

「十河検査長……」

「構わんよ。下山が私を殴って気が済むなら、殴らせてやれ」

「いい覚悟だな～十河検査長」

下山は長いスパナの根元をバットのように両手でしっかり握る。

もちろん、そんなことを他の保線区の連中が、黙って見ているわけもない。

口々に「十河検査長」と叫びながら周囲に駆け寄り、身を挺《てい》して守ろうとする。

普段から高価なガスガンをショルダーホルスターに入れて持ち歩いているミリタリーマニアの仁杉清《にすぎきよし》は、黙ったままガバメントの銃口を下山の目に向けていた。

口数が極端に少なく表情も薄いので、なにを考えているのか今一つ分かりにくい仁杉だが、その三白眼からは本気である意思が感じられた。

「そんなオモチャで、いったいどうするつもりだよ?」

すっと下へ銃口を動かした仁杉は、躊躇《ちゅうちょ》することなくトリガーを引く。

シュと鋭い空気音がしてガバメントのスライドがブローバックし、銃口から直径六ミリの白いプラスチック弾が飛び出す。

次の瞬間、足元に置いてあった空のアルミ缶に穴が穿《うが》たれ、壁へ向かって勢いよく吹き飛んでいった。ガスガンとはいっても、仁杉は違法レベルまで改造を加えていて、目に当たれば失明しそうな威力があった。

一言もしゃべることなく、仁杉は下山にガスガンの銃口を向け直す。

「ったくよ……。上司も上司なら、部下も部下だなっ」

周囲を五人の保線区員に取り囲まれ、身動きがとれなくなった下山は舌打ちをする。

今、十河に殴りかかれば、すぐに袋叩きにあいそうな雰囲気だった。

「やっちまいましょうよ、下山さん！」

加賀山は口の両側に両手をあてて騒ぐだけで、自らは動こうとはしない。

その時、いがみ合いをしている保線区と整備区の間に座っていた運転士の長崎拳《ながさきけん》が空気を察して「そろそろ頃合いですよね？」と仲裁に入ってくる。

「組合内でモメるのは、やめませんか？」

運転士の制帽を被る長崎は、銀縁眼鏡の真ん中に揃《そろ》えた右の人差し指と中指をおく。

そんな長崎の後ろに車掌の杉浦豊《すぎうらゆたか》もいたが、その態度は及び腰だった。

「いっ、意味ないですよ……殴り合いなんて……」

「ったくよっ。やってられねぇよっ」

再び舌打ちをした下山は踵《きびす》を返し、スパナを引きずりながら加賀山のところへ戻っていき、大きなため息をつきながら乱暴に椅子に座った。

「その通りっすよね。下山さんの言う通りだ」

戻ってきた下山を見ながら、加賀山は頷《うなず》く。

組合員らが内輪揉《も》めをしている間にも、テレビ中継は続いていた。

《国鉄がなくなるまで、あと一分となりました！》

レポーターは、まるで大晦日《おおみそか》から元旦《がんたん》へ続く番組でもやっているかのように、レンガ造りの丸の内駅舎をバックに笑顔で言った。

すぐに画面右上には「60」と表示され、その数字が次第に減っていく。

そこにいた十名の鉄道職員らの胸には（あの数字が「0」となった時、国鉄は終わる）という思いが去来していた。

入社以来、国鉄一筋に勤めてきた思い出が走馬灯のように駆け巡り、それが全て失われてしまうかと思うと、胸が苦しくなる。

それぞれの頭の中には（どうして……こんなことになってしまったのか？）という思いが過《よぎ》った。

レポーターは時間をつなぐために、つまらない言葉を並べる。

《あと三十秒です。さようなら……国鉄。今までありがとう……国鉄》

静まり返った詰所には、アナウンスの声だけが淡々と響く。

結果的に分割民営化を阻止出来なかった十河にしても、イライラして喰《く》ってかかってきた下山にしても「国鉄が好きだった」という想いは一緒だった。

国鉄が好きで入社してきたにもかかわらず、自分達が勤めている最中に国鉄ではなくなってしまうことが悔しくて悲しかったのだ。

誰も怒らず、泣かず、ただ少しずつ減っていくカウンターを見つめていた。

《あと、十五秒です！》

レポーターがそう叫んだ時だった。

詰所の真ん中にレーザー光線のような細い光が天井から差し込んだ。

「なんの光っすか？」

テレビをあまり見ていなかった加賀山が天井を見上げたが、そこにはなにもない。

単なるベニヤ板の天井から突然光が現れ、床板へ向かって真《ま》っ直《す》ぐに伸びていた。

加賀山は、テレビに注目していて異変に気がつかない下山の肩を叩く。

「下山さん……あれ、なんすか？」

悔しくて奥歯を噛んでいた下山は「邪魔をすんなっ」といった顔で振り向く。

「なんだ!? 加賀山」

「なんか……変な光が天井から射《さ》してんすけど」

加賀山は指差して、下山に伝えようとする。

「変な光～？」

その時、レポーターが、国鉄終了のカウントダウンを開始する。

《十、九、八、七、六》

その声に呼応するように、突然光の直径が放射状に急速度で広がっていく。

あっという間に詰所の真ん中から、周囲に座っていた組合員のいる辺りまで広がったかと思うと、室内が眩《まばゆ》い真っ白な光に包まれた。

外まで急速に広がった光は強くなり、詰所は外部から多数の巨大な投光器によって照らされたように一気に明るくなった。

「なんだ⁉　この光は」

十河が叫ぶと、立ち上がった下山はスパナを持って身構える。

「機動隊が突入してくるのか！」

他の国鉄過激派の抵抗拠点が、機動隊に踏み込まれたと聞いたことはあった。

だが、こんな体験は初めてで、誰も意味が分からない。

すぐに高周波のような高い音が響き出し、その音程はどんどん上がっていく。

あまりの光の強さに目が眩《くら》んでしまい、全員、歩くことが出来なくなる。

全員『あぁ……』と呻《うめ》きながら膝をつき、やがて床に倒れる。

更に光は強くなり、見えていた物が白い光の中へ溶けるように消えていく。

十河には隣にいた磯崎さえも見えなくなり、手を伸ばしても触れられなかった。

その光には催眠効果があるらしく、次々に気を失っていく。

「どっ……どういうことだ……」

十河は最後まで重くのしかかってくる瞼《まぶた》と戦っていたが、抵抗することは出来ず目を閉じてしまった。

脳裏には車輪がレールとレールの隙間《すきま》を渡っていく走行音が響く。

どこへ……連れていく気だ？
十河は薄れていく意識の中で、そう思った。

二章　戦国の国鉄職員

どれくらいの時が過ぎたのかは、誰《だれ》にも分からなかった。

数秒間のようにも、数百年のようにも感じた。

最初に目を覚ましたのは、一番若い石田だった。

瞼《まぶた》に太陽の暖かな陽射《ひざ》しを感じとったからだ。

何度かまばたきを繰り返してから、窓を通して空を見上げたが、石田にはいつもより青空がくっきりと見えるような気がした。

石田がまわりを見ると、そこは詰所の中だった。いつもと変わることのないプレハブ小屋であり、窓の外からは柔らかな陽射しが射し込んでいた。

「あの強烈な光を受けて、自分は倒れてしまった……のか？」

なにが起きたのか石田には理解出来ず、ここは夢の中のように思えた。

床に転がっていた自分の体を起こして、そのままゆっくりと立ち上がる。

ズキンと響いた頭痛に、石田は頭に手をあてて顔をしかめた。

周囲を見渡すと、他の九人も全員床に倒れ込んでおり、何人かからは「うぅ……」という呻《うめ》き声が聞こえた。

はっとした石田は、部屋の中央で倒れていた上司の十河《そごう》に駆け寄ってしゃがみ込む。

「大丈夫ですか⁉　十河検査長」

無我夢中だった石田は、十河の体に両手をあてて前後に揺すった。

「こういう時は、あまり揺すらない方がよかったのか？」

一瞬戸惑ったが、石田が体を大きく動かしたことで十河は気がついた。

ゆっくりと目を開けてボンヤリした表情で石田の顔に焦点を合わせる。

そして、目を左右に動かして、明るくなっていた室内を見てから呟《つぶや》く。

「石田……か。どうして、ここに？」

十河の記憶は混乱しているようだった。

「しっかりしてください、十河検査長。我々は、分割民営化して国鉄がなくなる日の夜、この保線区の詰所へやってきて……。そこで強い光を受けて倒れたんですよ」

上半身を起こした十河は、状況を思い出し始める。

「そうか……あの強い光を受けて眠ってしまったのか」

あれは下山の言った通り「機動隊の突入」で、なんらかの光学兵器でも使われたのかと思ったが、周囲に機動隊員の姿はなかった。

十河は周囲の状況を見ながら（どういうことだ？　全員がいっせいに倒れるような事態

とは）と思ったが、すぐに答えは思い浮かばない。

機動隊が突入時に催眠ガスを使用したのかとも考えたが、特に異臭もしなかった。

「ご気分は悪くありませんか？」

立ち上がった石田は、座り込んでいた十河に右手を伸ばす。

十河は頭を強めに左右に二、三度振ってから石田の手を摑《つか》む。

「体はなんともないようだ。少し頭が痛いがな……」

立ち上がってきた十河に、石田はほっとした表情を見せる。

「そうですか。だったら、よかった。自分も頭痛は少しします」

その時、手首を見た石田は、変化に気がつく。

「時計……動き出していますね、十河検査長」

二人の腕時計は、午前7時18分を示していた。

石田の手を放した十河は、自分の手巻き腕時計を耳に近づける。

時計からは正確に時を刻む、小さな機械音が響いていた。

「……昨日止まっていたはずなのに」

「同時に直るなんて、なにか変――」

そんな石田の言葉に被《かぶ》せるように、十河は言い返す。

「そんなことはあとでいい」

十河は部屋で倒れている一人一人を見て、生存確認をするように名前を呼んでいく。

「高木、磯崎、藤井、仁杉《にすぎ》」

他の保線区の四人は目を覚まし始めていて、ゆっくりと立ち上がりながら作業服についたホコリを払い、十河に右手を挙げて応《こた》えた。

「なんだったんだ〜あの光は」

筋肉隆々の藤井は、意識をハッキリさせようとして自分の頬《ほお》を勢いよくパンと殴り、その横にいた高木は竹箒《たけぼうき》を放《ほう》り出し、鋭い目を更に細めて窓の外をじっと見つめた。

「こいつは……いったい」

「少し目眩《めまい》がするから、わしは座ったままで失礼させてもらうよ」

一番年上で辛《つら》そうな磯崎を、ショルダーホルスターにガスガンを突っ込んだ仁杉が、無言のまま横からサポートして椅子《いす》に座らせた。

「全員無事のようだな、保線区は」

五人にケガがなかったことに、十河はまずはほっと笑顔を見せた。

そこで、振り向いて車掌区と運転区の二人を見る。

「杉浦、長崎、大丈夫か？」

車掌の杉浦はまだ床に倒れたままだったが、横についた運転士の長崎が手を挙げて答えた。

「杉浦も意識はあるので、大丈夫のようです」

「無理して立ち上がらなくてもいい」

十河は最後に一番離れた位置にいた整備区の二人を確認する。

「下山、加賀山、どこか怪我《けが》していないか？」

「強い光を突然喰《く》らって、少し驚いただけだろ。こんなもんで怪我なんかするかよっ」

無理して立ち上がった下山は悪態をついたが、すぐに足をもつれさせてしまい、後ろに二、三歩下がって壁にもたれかかった。

下山の舎弟のような加賀山も立ち上がろうとしたが、長身が裏目に出て長い足がもつれて、もう一度床に派手に倒れ込んだ。

「ケガをするぞ、無茶するな」

十河がそう言うと、壁に背をつけながら下山は不敵に笑う。

「別にあんたは上司でもねぇんだしよ。国鉄の組合も昨日で終わっちまったんだから、もう名古屋組合支部長でもねぇんだよ。だから偉そうに仕切るんじゃねぇよ」

「私はそういうつもりで言ったのでは、ないのだがな」

「うっせえよ。大きなお世話だって言ってんだ」

イライラして突っかかり続ける下山から、十河は視線を外した。

全員が眠りから目覚め、周囲の状況を把握し始める。

眼鏡のサイドに手をあてた運転士の長崎は、座ったまま室内を見回す。

「つまり……全員、カウントダウンの瞬間に倒れ、そのまま朝を迎えてしまったということでしょうか？」

石田は再び動き出した腕時計に目を落とす。

「現在、時刻は午前7時20分ですから、そういうことだと思います」

「新会社初日の朝を、詰所で迎えちまうなんて〜なんだかなぁ」

床に落ちていたリモコンを拾った整備区の加賀山は、テレビへ向けて電源ボタンを何度か押したが、テレビはまったく反応しなかった。

「なんだ？　ついに壊れちまったか〜。ったく、これだから安物はよっ」

加賀山はテレビの天板に手を叩《たた》きつけるが、電源は入らない。

椅子に座っていた磯崎は、周囲に長い間勤めた名古屋工場とは思えない違和感を覚える。

カラスではない、数種類の鳥の鳴き声が聞こえてきたからだった。

「こいつは……カモメの鳴き声じゃないのか？」

そんな磯崎のセリフを、マッチョマン藤井が豪快に笑い飛ばす。

「磯崎さん、なに言ってんの。国鉄名古屋工場は海沿いじゃなくて内陸にあるんだぜ」

「それはわしだって知っている。だが、今まで数十年勤めてきて、カモメの鳴き声を名古屋工場で聞いたのは初めてだ」

「そっ、そうなんすか？」

藤井には磯崎の言うことが、あまりピンときていないようだった。

そこで耳を澄ませた十河は、目にぐっと力を入れる。

「カモメの……いや、海の音まで聞こえる。ほんの少しだが……」

ガハッと顔を崩した藤井は呆《あき》れて、大きな体を揺らしながら笑う。

「海の音～⁉　名古屋から何キロ離れていると思っているんです？　十河検査長。それに名古屋港はコンクリートで固められているんですから、そんな海の音なんて――」

その時、今までずっと黙って窓の外を見ていた高木は、藤井の声を遮るように冷静に呟《つぶや》く。

「いや……あれは海じゃないか？」

右の人差し指を真《ま》っ直《す》ぐに伸ばして、高木は窓の外を差す。

その瞬間、全員が声を合わせて『海⁉』と驚き、窓へ寄り集まって外を見つめた。

「海だとっ」

異変を感じた十河は出入り口の引き戸へ向かって詰所内を走り抜け、それを追うように後輩の石田が続いた。

「十河検査長、待ってください。自分も行きます」

残った八人は顔を見合わせてから十河達を追いかける。

十河は引き戸に手をかけて勢いよく開き、そのまま石田と共に外へ飛び出す。

外を見た瞬間、石田が目を大きく見開いて叫んだ。

「どっ、どういうことですか⁉　これは……」

「海がある……。どうして名古屋工場の近くに？」

周囲の変化が理解出来なかった十河は、額を押さえながら周囲を見渡す。

詰所である二階建てのプレハブを中心に機関庫、倉庫などの施設はそのまま残っていたものの、二百メートルほど先からは別世界になっていた。

名古屋工場の南側には陽の光を浴びてキラキラ輝く真っ青な海が迫ってきており、浜辺から吹いてくる風からは潮の香りを強く感じた。

いつもなら建物で見えない遠くの山々も、なぜか青白く霞《かす》むように見えている。

それに工業地帯の真ん中に位置する名古屋工場は排気ガスで常に空気が淀《よど》み、空はグレーなことが多かったが、今はどこまでも続く青空が頭上にあった。

周囲を囲むようにあぜ道で分けられた田んぼが見えている。ちょうど田植えが終わった後らしく、等間隔で並んだ小さな苗が浜風を受けて揺れていた。

驚くべきは東側で、鬱蒼《うっそう》とした森の中心に神社があるらしく、大きな鳥居の先端部が見えており、敷地から真っ直ぐに延びた参道が海へ続いている。

海に突き出した参道の先には、土俵《どひょう》のような雰囲気の正方形の島が見えた。

「名古屋工場の周囲にあった道路は、どこへいってしまったんでしょうか？」

不安げに尋ねる石田に、十河は困惑しながら応える。

「分からん。これは理解しがたい状況だ」

名古屋工場の周囲はアスファルト道路で囲まれていたはずなのに、周囲にはそんな道路はなく、未舗装道路と田んぼを区切るあぜ道くらいしか見えない。

目を凝らして見ると、かなり遠くに黒い人影がちらほら見えるが、遠巻きにしているらしく、顔も格好もハッキリとは見えなかった。

後ろからやってきた整備区の加賀山が、周囲を見ながら呑気《のんき》に呟く。

「車の音もまったく聞こえてこないっすねぇ。こんなこともあるんすね」

いつもなら道路を走り回る乗用車やトラック、バスがあるはずなのに、どういうことか一台も走っておらず、エンジン音さえも聞こえてこない。

周囲に響いているのは、キチキチと鳴くバッタの声くらいだった。

「これはなにか起きていやがるんだ」

唇を噛《か》みながら言った下山に、加賀山は丸投げするように聞く。

「なにかって……なんすか？」

「なもん、俺《おれ》に分かるわけがねぇだろ！」

国鉄職員十人の反応は少しずつ違っていたが、だいたいが驚くか、状況が分からなくて困惑するばかりだった。

そして、この状況をちゃんと説明出来る者はいなかった。

「どういうことでしょう？　十河検査長」

冷静を装っていたが、動揺していた石田も鼓動が速まるのを抑えきれなかった。

「これは分からんな。私にも……」

十河の近くに立っていた下山は、奥歯をグッと噛む。

「くそっ、国鉄本社の奴《やつ》らめ。手の込んだ嫌がらせをしやがって！」

「どういうことっすか？　下山さん」

すがるような目で、加賀山は下山に聞く。

「きっと、あの光は睡眠光線か、なにかだったに違いねぇ」

普段そういう現実離れしたことを言わない下山が、荒唐無稽《こうとうむけい》なことを言い出したので加賀山は呆《あき》れる。

「睡眠光線……そんなもん本当にあるんすか？」

「きっとソ連では完成していたんだよ」

現在、米ソは冷戦の真《ま》っ只中《ただなか》のため、双方に秘密兵器の噂《うわさ》があった。

だが、そんな説明に加賀山は納得出来なくて「はぁ」とため息をつく。

「兵器は催眠ガスでもいいんだよっ。なにせ俺達は全員眠らされて、一晩でこんな辺鄙《へんぴ》な場所に運ばれたってわけだ」

横で話す下山と加賀山の会話を聞いていた石田は、振り返って会話に口を挟む。

「ここは清算事業団ってことですか⁉」

「きっと、そうじゃねぇか。こんな閑散とした場所へ連れてきやがって……」

国鉄本社の連中によって眠らされ、ここへ連行されたと結論付けた下山は、動揺から怒りへと気持ちが変化しつつあった。

そこへ磯崎がやってきて、老眼の瞼を何度か上下させながら東の神社を見つめる。

「ここは名古屋工場だな」

加賀山は老いた磯崎をバカにするように鼻で笑う。

「なに言ってんすか、磯崎さん。名古屋工場の周りが、こんなに何もないってことはないっすよ。それに海だとか、田んぼだとかそんなもん見たことないっすよ」

「だが、あの鳥居は熱田《あつた》神宮のものだぞ」

こみ上げてくる笑いを加賀山は抑えられない。

「磯崎さん、確かに名古屋工場の近くに熱田神宮があったっすけど。熱田神宮があったのは町のど真ん中しょ。海に突き出しているなんて、おかしいじゃないすか？」

歴史に詳しい磯崎は顎《あご》を手で摩《さす》りながら、

「いや～昔は海に面していたのさ、熱田神宮はな」

と、ボソリと答えた。

「マジっすか⁉」

驚いた加賀山は目を丸くする。

「昔の名古屋の海岸線は熱田神宮がある辺りでな。そこからどんどん埋め立てをして、今みたいな海岸線になったんだよ」

「そうなんすねぇ～」

そんな会話を聞いていた下山が「おいおい」と首を左右に振る。

「なにそんな昔話を『当たり前』みたいに話していやがる？」

下山は両手を大きく左右に広げて続ける。

「いいか？　今は一九八七年、昭和六二年の四月一日なんだ。だから、ここが名古屋工場なら、町のど真ん中にある熱田神宮が見えるわけねぇだろ」

下山が高圧的に言ったことで、磯崎はそれ以上続けるのを止《や》めた。

「じゃあ、違う神社……ということかな」

「きっとそうだろ。神社なんて日本に腐るほどあんだからよっ」

ハッキリしたことがなに一つ分からず、下山はイライラしていた。

これが国鉄本社の嫌がらせなら、仕掛けた連中に仕返しをしたいだけだった。

その時、ずっと黙っていた車掌の杉浦が、少し口元に笑みを浮かべながら小声で呟いた。

「これって……タイムスリップじゃないんですか？」

今までの意見の中で、最も荒唐無稽なことを言い出した杉浦を下山が睨みつける。

「このオタク！　お前はアニメの見過ぎなだけだろう」

国鉄で車掌をやっている杉浦が好きなのはアニメや特撮で、ロッカーの扉の内側はそういったポスターで埋められていた。

「ですけど、この状況はどう見てもタイムスリップですよ」

「お前はなぁ――」

怒って大声をあげようとする下山に向かって、十河が右手を挙げて制する。

「下山、少しは話を聞いてやれ」

「ったくよ……だから保線区はよぉ」

下山はそっぽを向いて、十河に聞こえるように舌打ちをした。

十河はこの中で一番状況を理解していそうに見えた車掌の杉浦を見る。

「それで？　どういうことなんだ、杉浦」

下山以外は杉浦の話を聞こうとして、周囲に集まってきて円陣を組む。

海を見るようにして立つ下山の背中を一瞬見てから、杉浦が話し出す。

「さっき、磯崎さんが言っていましたが、あそこに見えている鳥居は、たぶん熱田神宮のものです。僕も何度もお参りしたことがあるんで」

「だが……熱田神宮は町中にある。海沿いってことはないでしょう」

運転士の長崎が不安そうな顔をすると、杉浦は歴史に詳しい磯崎の顔を見て聞く。

「磯崎さん、熱田神宮が海に面していたのって、いつ頃《ごろ》か分かりますか？」

腕を組んだ磯崎は「う～む」と唸《うな》ってから答える。

「わしは単なる歴史好きなだけだからねぇ。名古屋港の埋め立てが、いつ頃から行われたのかは正確には知らないが、確か……明治より前のはずだったな」

杉浦は頷《うなず》いてから、全員の顔を見直す。

「ということを考えれば……。我々は時間を逆行して、名古屋工場の一部と共に、少なくとも明治時代よりも前に来たのではないかと思うんです」

整備区の加賀山だけは下山の元を離れて、興味津々の顔をしていた。

「なんすか？　そのタイムスリップって」

加賀山は丸投げで聞く。

「簡単に言えば、時間を遡《さかのぼ》って過去へ来たってことです」

「なんで、そんなことになってんすか？」

首を傾《かし》げながら聞く加賀山に、杉浦は肩をすくめる。

「どうしてタイムスリップしたのかまでは、僕にも分かりませんよ。もしかすると、歴史を遡ったのではなく、僕らみたいな連中が次々にやってくるパラレルワールドの一つかもしれませんけどね」

杉浦は少し誇らしげな顔で微笑《ほほえ》んだ。

そんな話は「バカなことを言ってんじゃない」と普通なら全員が相手にしないところだが、周囲に見えていた景色が、杉浦の説得力を高めていた。

誰にも杉浦の仮説を超えて説明することが出来なかったからだ。

アニメや特撮を多く見ている杉浦には、タイムスリップやパラレルワールドへ飛ぶといった考え方がすんなり受け入れられたが、基本的に鉄道のことしか知らない頭が固い国鉄職員らには、この状況がすぐには理解出来そうになかった。

そこで振り返った加賀山は、未舗装の道路を見つめる。

「そう言われりゃ～確かに変すね。電柱が一本も見えねぇっていうのは」

目を凝らした杉浦は、人影に向かって指を差す。

「あれもきっと和服ですよね。しかも、蓑笠《みのかさ》を被っているんじゃないですか」

さすがにこうなってきては、誰も杉浦の仮説を真っ向から否定は出来ない。

「だから……さっきテレビが映らなくなっちまったんすね」

加賀山は深慮するのは不得意だが、状況をそのまま受け入れることには長《た》けていた。

「発電所まではタイムスリップしていませんから、電気が切れたのでしょう」

二人の会話を聞いていた磯崎は、海の方を指差す。

「ということは、あの海の近くにある田んぼみたいな奴は塩田だな」

「塩田？　そんなもんがあったんすか？」

加賀山に向かって、磯崎が頷く。

「昔の熱田神宮の出納帳《すいとうちょう》が公開されとるからわしは見たことがあるんだ。そこには『塩を作っていた』という記録があってな。塩を伊勢湾《いせわん》周辺の国々に船で運び、莫大《ばくだい》な利益をあげていたとね」

「へぇ～神社なのに儲《もう》けていたんすか？」

フフッと微笑んだ磯崎は、首を左右に振る。

「今の宗教法人と違って、昔は寄進された広大な荘園を待っていたから。そこから上がる米を使って高利貸しをやったり、『座』という商売の談合集団を作ったり、境内《けいだい》で開かれる『市』も仕切っていて、経済の中心だったのさ」

他の者達の会話を黙って聞いていた十河は、東の方を見つめていた。

しばらくは線路が続いているが、途中から未舗装道路になっている。

未舗装道路はさっき磯崎が話していた熱田神宮へと真っ直ぐに続いているようだが、所々に辻《つじ》があって周囲へ向かって脇道《わきみち》が延びているように見えた。

それ以外の場所は全《すべ》て青々とした苗が並ぶ田んぼと言ってよかった。

「いったいどの時代へ流されたのだ……我々は」

厳しい顔で見つめる五百メートルほど先の交差点に、馬に乗った者が現れる。その異様な姿に、十河の横に立って一緒に見つめていた石田の背筋に冷たいものが走る。

「あれを見てください……どうも鎧《よろい》を着ているようですが……」

鎧を着て馬に乗る姿に、石田は言いようのない恐怖を感じたのだ。

腰から下には草摺《くさずり》と呼ばれるスカートのような垂れが見え、頭に被った兜《かぶと》の両端が外側に反っている吹返《ふきかえし》という部位がついていた。

左の腰には少し反りの入った刀が一本差されている。

十河と石田が立っているところへ、歴史好きの磯崎が目を輝かせながらやってくる。

「吹返のついた兜ということは……鎌倉《かまくら》時代なのか？」

磯崎は歴史を遡ったと聞いて、周囲の全てのものに興味津々だった。

最初は一騎だったが、脇道からゾロゾロと四騎ほど出てきて合わせて五騎になる。

「この地区の支配者の使者でしょうか？」

石田が呟くと、磯崎は「ほぉ」と顎を右手でなでる。

「現在の名古屋は、昔は『尾張《おわり》の国』だから、たぶん尾張の使いの者だろうな」

全員で騎馬の人影を注目した瞬間だった。

五騎の真ん中にいた者が「はっ」と声をかけたかと思うと、全騎を率いて一気にこっちへ向かって突進してくる。

現代社会で見ることのない騎馬突進を見て、恐怖を感じない者などいない。

「こっちへ突っ込んできますよっ、十河検査長！」

そこで、十河は手を挙げて大きく振りながら叫ぶ。

「全員、詰所へ戻れ！」

後ろにいた国鉄職員と、十河の側《そば》にいた石田と磯崎の二人は、プレハブ小屋へ向かって後ずさりしていったが、十河だけは動かない。

それに気がついた石田は、踏みとどまって大声をあげる。

「十河検査長も一緒に！」

「私が話をする」

「問答無用で斬《き》られるかもしれませんよ！」

そう言われても十河は、落ち着いたものだった。

「向こうが戦う気なら、ここで逃げ出したところで、どのみち生き残れんだろう。こちらはなんの武器も持たぬ国鉄職員なのだから」

振り返った十河は、不敵な顔でニヤリとして見せた。

その間にも騎馬隊はドドッと馬蹄《ばてい》を響かせて、一気に突進してくる。

「だったら、自分も」

意を決した石田は、尊敬する十河の元へ戻った。

十河と石田以外の国鉄職員はプレハブ小屋の戸口に集まって、体を中に入れたまま顔だけを出し、息を呑《の》んで二人の背中を見つめている。

プレハブ小屋から二百メートルほどは、名古屋工場の敷地のままのため、線路が十数本平行に並んでいた。

十河は街道の延長上にあたる線路の真ん中に、腕を組んで仁王立ちになる。

石田は騎馬突撃に怯《おび》えていたが、十河への忠誠心でなんとか踏みとどまっていた。

「十河検査長、馬の体重は五百キロくらいあります。もし、騎馬突撃など受けてしまっては、一たまりも……」

無論、十河も怖くないわけではない。

「このままではラチがあかないだろう。情報を得ないことにはな」

十河はそう考え、既に腹を括《くく》っていた。

「それはそうですが……」

馬蹄の音が一際大きくなり、五騎の騎馬が前方二百メートルに迫る。

約三百メートルを数十秒で駆け抜けた騎馬の速度を見つめながら（速度は思ったよりも速くない、時速三十キロといったところか……）と、石田は目測で冷静に計算した。

「来るっ！」

石田が目を見開き、歯を食い縛った瞬間だった。

突然、先頭を走っていた真ん中の馬がヒヒィィンと大きくいななき、前足だけを高くあげて後ろ足二本で立ち上がった。

まるで、向こうの世界と名古屋工場の間には、透明な壁でもあるかのようだった。

馬に騎乗していた武者は「おぉぉぉぉ」と声をあげて後ろへ落馬した。

どうも見慣れない線路に、馬が驚いて急停止してしまったようだった。

そのために他の馬もその場で急に立ち止まったり右や左へ急旋回をしてしまい、あっという間に騎馬集団がバラバラとなって突撃が阻止された。

「どういうことだ?」

十河は呟いたが、理由は石田にも分からず首を振るしかない。

「さぁ、馬が驚いたように見えましたが……」

周囲にいた四騎の武者らは踵《きびす》を返して、元来た道を急いで戻っていく。

二百メートル先には一頭の馬だけがポツンと立ち尽くしていた。

落馬してしまった武者がむくりと起き上がり、兜を左右に振っているのが見える。

「無事のようですね」

立ち上がった武者は、馬の鼻をなでる。

「どうした、さくら丸よ」

十河らの方を向いた武者は、その場に馬を置いて徒歩で近づいてくる。

初めて線路を見たであろう武者は、恐る恐る枕木《まくらぎ》の上だけを踏んで歩いた。

約二百メートルなので、十両編成の列車程度といった距離感だった。

「こっちへ来ますね。あの人が尾張の領主でしょうか？」

前を見たまま石田は呟く。

「いや、総裁が来ることなんてないだろう、国鉄だって地方の小さな事故に」

「ということは……この付近の責任者ということでしょうか？」

「そういうことだろうな」

十河は一人で歩いてくる武士をじっと見つめる。

武士は大鎧と呼ばれる形の鎧を着ており、草摺は藍《あい》色と呼ばれるエメラルドグリーンに近い色で染められ、裾《すそ》の方には赤い組紐《くみひも》が二段縫い込まれていた。

両肩に札板《ふだいた》が六枚ほど重ねられた大袖《おおそで》があり、草摺と同じ色合いで染められている。鎧の下に着ている鎧直垂《よろいひたたれ》が足の部分だけ見えていて、カナリア色の生地に赤い水玉模様が大きく描かれている。足元の鎧直垂は黒いすねあてでスッキリとまとめられ、前腕は同じ色の籠手《こて》を装備し、裸足《はだし》に草鞋《わらじ》を履いていた。

黒い鞘《さや》に入った浅い反りのある、長さ六十五センチほどの打刀《うちがたな》を腰に差しており、武者は歩きながら左手でしっかりと柄《つか》を握っていた。

「杉浦の仮説が正しいとすると……ここは戦国時代でしょうか？」

「イベントやコスプレの類《たぐい》ではなさそうだな。あの雰囲気から見て……」

十河がそう考えたのは、鎧が武者の体に馴染《なじ》んでいたからだ。

保線区に配属されたばかりの頃は、作業服もヘルメットも浮いているものだが、数か月も働いていると体の一部のように馴染んでくる。

時代劇にしてもお祭りの武者行列にしても、やはりどこか「衣装に着られている」といったような雰囲気で、体に馴染まずに浮いてしまっていることが多い。

だが、この武者は鎧を普段着のように着こなしていると十河は感じたのだ。

武者が二十メートルくらいまで近づいてきたので、顔もハッキリ見えてきた。

兜の横に左右に開いたように見える吹返はついていたが、頭に派手な飾りはなく、十河らが被っているヘルメットと似た雰囲気だった。

兜の下の目元は鋭く、太い眉毛《まゆげ》と口元の髭《ひげ》で野生感に溢《あふ》れていたが、だからといって宇宙人でもなければ原始人でもなかった。

「日本人のようですね」

石田と共に、十河は武者の顔をじっと見つめる。

「言葉は通じそうだな。あれならば」

武者は刀という武器を持っている以上、十河らが近くで話すのは得策ではない。

十メートルくらいの距離で、石田は身構えながら大きな声をあげる。

「そこで止まれ！」

石田が発した言葉に、武者は少し驚いた顔で足をすっと止めた。

異様な姿の国鉄職員を見た武者は、最初は動揺したようだったが、すぐにその思いを打ち消すように背筋を伸ばして、大声で名乗りをあげた。

「拙者は尾張領主、織田上総介信長《おだかずさのすけのぶなが》にお仕え申す、馬廻衆《うままわり》の服部一忠《はっとりかずただ》と申す！　お前達は何者か、答えよ」

石田は小声で「……信長⁉」と囁《ささや》く。

もちろん、その大きな声はプレハブ小屋の入口から見つめる者達にも聞こえた。

一忠の名乗りで「ここは本当に戦国時代なのだ」と全員がショックを受ける。

石田も杉浦の仮説が当たっていたことを痛感した。

名乗りを聞いた十河は「これがこの時代の礼儀か」と、応えるように名乗り返す。

「日本国有鉄道《にほんこくゆうてつどう》・名古屋工場保線区軌道検査長、十河拓也だ」

十河は声を張ることなく、なんとなくいつものクセで最後に敬礼して見せた。

一忠は初めて聞く名称に、とても言いづらそうに繰り返す。

「にっ、にほん……こっ、こくゆう？」

「同じく、保線区軌道検査掛、石田彰です」

石田も十河と合わせて、右手を額につけて敬礼してからゆっくりと下ろした。

十メートルほどの距離で対峙《たいじ》する、三人の間に緊張感が走る。

十河らに攻撃する意図はないが、一忠からすれば突然領内に現れた奇怪な連中である。

先ほどの仲間を呼び寄せて斬りかかってくるかもしれなかった。

一忠は十河を鋭い目で見つめる。

「十河とやら。にほん……というのは、日ノ本ということかの？」

「あぁ、同じ意味だ」

その瞬間、一忠の顔が一気に綻《ほころ》ぶのが分かる。

「そうか、そうであったか。では、お主らも日ノ本の者なのじゃな」

「一応、そういうことにはなる」

「だからこうして話も通じておるのじゃな」

刀から手を離した一忠は、フッと笑顔になってレールの上に足を置いて続ける。

「馬がこいつに驚いてしまってのぉ。こちらは新手の馬止柵《うまどめさく》でござるか？」

その顔があまりにもすっとんきょうだったので、十河も少し顔が緩んでしまう。

「これはそういうものじゃない。『線路』というものだ」

一忠の目は豆鉄砲を喰った鳩《はと》のように、点のようになる。

「せっ……せっ、ん、ろぉ……でござるか」

聞き慣れない言葉の発音に戸惑った一忠は、最後にガハハと笑った。

そのまま枕木の上に足を置いて、十河の方へ近寄ろうとする。

「そうであったか。これは『せんろ〜』というものであったか」

まだ完全に信用していなかった石田は、危険を感じて十河の前に出て叫ぶ。

「貴様！　そこで止まれと言っている」

十河は石田の肩に手を置き、その動きを制する。

「敵意はなさそうだ。少し話を聞こう、石田」

「分かりました……十河検査長」

一忠が人懐っこい雰囲気だったので、十河は危険なものを感じていなかった。

目の前までやってきた一忠を見て、石田は（身長が低いな）と思った。

一忠は身長百六十センチくらいしかなく、十河や石田よりも十センチほど低い。

二メートルほど前までやってきた一忠は、改めて頭をゆっくりと下げた。

「よろしくお願い申す」

「こちらこそ。よろしくお願いする」

十河は石田と並んで、軽く頭を下げて応える。

石田にはすぐに、確かめたいことがあった。

「服部さん、今は西暦何年ですか？」

一忠は「せっ、せいれき？」と首を捻《ひね》る。

「違った。年号と年を教えてください」

空を見上げて少しだけ考えてから一忠が石田に教える。

「本日は永禄《えいろく》三年四月一日にござる」

その時、後ろから声がする。

「永禄三年というと……一五六〇年ですな」

十河と石田が振り返ると、すぐ後ろに磯崎が戻ってきていた。

服部の名乗りを聞いた歴史好きの磯崎は、好奇心を抑えきれず、いてもたってもいられなくなって詰所から出てきたのだ。

「今が戦国だとすると……。月と日は旧暦ですので、五月中頃といったところかと」

「戦国時代の五月中旬ということか……」

そうだとすれば、周囲に見えている全《すべ》ての景色の説明がつきそうだった。

一忠はぐっと上半身を伸ばして十河に聞く。

「それで！　お主らはどこの国から参られた？」

そう聞かれても十河は答えに困ってしまう。

自分達が「戦国時代にタイムスリップ」という話は、映画やドラマなどで見てきたから簡単に理解出来るが、戦国時代の人間に「未来から来た」ということを理解させるのは、かなり難しいだろうと思ったのだ。

十河はとりあえず適当に答えることにする。

「我々は海の遥《はる》か彼方《かなた》にある『国鉄』から来た」

その予想外の答えに、横にいた石田の顔は少し引き気味になっていた。

「こっ……こくっ……」

言いにくそうにしている一忠に、十河はもう一度繰り返してやる。

「国鉄だ」

一目で日本の着物とは違うと分かる、ヘルメットに国鉄の紺の作業服姿の二人を上から下まで見つめた一忠は、下に穿《は》いていたズボンから推理した。

「国鉄……とな。して、その国は南蛮でござるか？」

「南蛮とは違う。別な方角にある国だ」

「そのような場所にも日ノ本の者がおろうとはな。それで船の方はどうされた？」

背伸びした一忠は、なにも浮かんでいない海の方を見つめた。

「不具合が見つかったので、船は先に国鉄へ戻った」

十河は自分で言いながら、さすがに少し無理があるような気がした。

だが、言い出してしまったことなので、これで続けるしかない。

一忠は周囲に広がる建物を見回す。

「そうであったか。そのような国から来た者だから、一夜にしてこのような頑強な城を築くことが出来たというわけでござるな」

「建築方法は国鉄の秘術のため、教えることは出来んがな」

石田は一忠を刺激しないように、十河の言葉を補足する。

「服部さん、これは城ではありません。国鉄ではごく一般的な住居であり、戦争に関するようなものではありませんので」

安堵《あんど》した一忠は、大きなため息をつく。

「それはよかったでござる。この館《やかた》が突如領内に現れ『すわ、今川《いまがわ》の砦《とりで》か⁉』と、熱田は今朝から大騒ぎとなっておったからな」

十河はまず身の安全を図ることにする。

「ここは城でも砦などでもない。我々に戦う意思などないことを分かってもらおう」

「では、なにゆえに、ここへこのような館を作ったのじゃ?」

少し逡巡《しゅんじゅん》してから十河は答える。

「流された……いや、漂流し熱田の浜へ、我々はたどり着いたということだ」

「そうでござったか、それは難儀であったな」

「そこで国鉄からの迎えが来るまで、ここで待たせてもらいたい」

一忠は口を真一文字に結ぶ。

「その返事については、しばしお待ち願いたい」

「どういうことでしょうか？」

首を捻りながら石田は聞き返す。

「それがしは『先鋒《せんぽう》』として、こちらへ参った次第。ここは尾張の領内。そなたらの扱いについては、全て御屋形《おやかた》様のご裁可が必要じゃ」

十河はギリッと奥歯を噛む。

「御屋形様とは……織田信長か」

「よくご存じでござるな、十河殿」

少し訝《いぶか》しんだ一忠に、十河は言い訳をする。

「あぁ、その名は響いている。国鉄にもな」

「そのような遥か遠くの国にまで？」

一忠が疑うように目を細めたので、石田は話題を変える。

「それでは、我々が信長に会いに行って、直接交渉すればいいんですか？」

「そういうことになろう。今、御屋形様は清洲《きよす》城におられる。拙者が道案内をいたすゆえ、今から清洲の方へ皆で参られよ」

「清洲へ？」

「ここから約四里の距離。馬で半刻《はんとき》といったところでござる」

後ろにいた磯崎が、すぐに計算して「約十五キロ、一時間くらいですな」と呟く。

「全員で清洲城へ……ですか」

突然のことに、石田は不安そうな顔で十河を見つめる。

「御屋形様もこの熱田の騒ぎは耳にしておる。聞いたこともない遥か遠くの国の者と聞けば、謁見《えっけん》を取り計らうことも造作もないであろう」

「どうします？　十河検査長」

石田が心配していたのは、まだ信長が自分達の味方がどうか分からない状態で、本拠である清洲へ行くことだった。

もし、こちらを敵、ないしは「用無し」と信長が判断すれば、一声発するだけで十人程度の国鉄職員など、部下らによって瞬殺されるからだ。

十河が考えあぐねていると、後ろにいた磯崎が前に出てくる。

「信長様にこちらへ来ていただけませんでしょうか？」

少し驚いた一忠は、周囲を見回す。

「なんと、この館へ御屋形様を？」

「大丈夫か、磯崎。それは――」

心配する十河の言葉を、磯崎は遮る。

「ここはこの歴史好きにお任せ頂けませんか？　悪いようにはしませんから」

戦国時代のことなど、十河は高校の歴史の授業で習った程度の知識しかない。

縄文時代から現代までを駆け抜けるように教えるので、織田信長については日本統一を目指して戦い、本能寺《ほんのうじ》で明智光秀《あけちみつひで》に裏切られて死んだことくらいしか知らない。

歴史ドラマでも有名なシーンしか取り扱わないので、背景などは分からなかった。

だから、磯崎に任せることにする。

「分かった。任せよう磯崎。交渉を頼む」

「ありがとうございます、十河検査長」

十河に向かって頭を下げた磯崎は、一忠に向き直って戦国式に名乗りをあげる。

「拙者、十河検査長にお仕え申す、磯崎連太郎と申す」

それから、磯崎は変なことを言い出した。

「それで……小平太《こへいた》殿」

一瞬、石田も十河も、磯崎が一忠の名前を呼び間違えたと思った。

だが、一忠は怒ることもなく、嬉《うれ》しそうに微笑《ほほえ》む。

「おぉ、拙者が『小平太』と皆から呼ばれておることを、磯崎殿はいずこかにて耳に挟み、ご存じでござったか」

「小平太殿の名も、国鉄に鳴り響いておるよ」

一忠は上機嫌で頷いてから十河らを見る。

「そうか、そうか。では、お主らも拙者のことは、以後小平太と呼んでよいぞ」

十河は（さすが定年後は、歴史研究家を目指していただけのことはある）と、磯崎の知識の深さに舌を巻いた。

「それで小平太殿。信長殿のことなのだが」

「お主は御屋形様をこの館へ招きたいというのじゃな」

磯崎はしっかりと頷く。

「そういうことなんだ。なんとか頼めないかね」

小平太は少し困ったような顔をする。

「磯崎殿、お主らが漂流して仕方なくという事情は分かり申すが、ここは少なくとも尾張の織田の領地。突如このような館を築かれた以上、お主らが御屋形様の居られる清洲へ参られ、ご挨拶《あいさつ》なされるのが筋ではないか？」

磯崎は後ろを向いて、プレハブ小屋や機関庫を指差す。

「信長殿にお見せしたいものがあるのです」

「御屋形様に見せたいもの？　それはなんでござる」

「もちろん、遥か遠くの国……国鉄から持ってきた至極の品々だ」

そう聞いても小平太は困った表情のままだった。

「御屋形様は既に多くの南蛮のものに触れておられて、多少の珍品では驚かぬぞ」

磯崎は自信満々の顔で笑い飛ばす。

「いやいや、わしらの持つ品は、絶対に見たこともないものだよ」

「では、それを持って清洲に参られよ」

首を左右に振った磯崎は、両手を大きく広げる。

「信長様に見せたいものは、持っていけないほど巨大で重いものなんだ」

小平太は背伸びして、機関庫を見つめた。

もちろん、小平太は赤いレンガなど初めて目にするので、そこにある建物が今まで見たこともないものであることは分かった。

そこで小平太は諦《あきら》めてウムと頷く。

「あい分かった。では、そのように御屋形様に申し伝え、ここへ来てくださらぬか、お取次ぎいたす」

「すまないね。よろしく頼みますよ」

磯崎に頭を下げられた小平太は、「じゃが……」と心配そうな顔をする。

「もし、お主らの用意したものを、御屋形様が気にいらなかった時には――」

磯崎は自信を持って小平太の言葉を遮る。

「新奇精妙な物がお好きな信長様には、きっと、気にいって頂けると思うから」

「そうか。分かった」

そこで、十河が小平太を見る。

「小平太、すまんが信長様によろしく伝えてくれ」

「出来る限りのことは、させてもらおう」

小平太が丁寧に頭を下げたので、三人も応えるように頭を下げた。

そこで回れ右をした小平太は、再び枕木の上だけを選んで歩き出す。

百メートルほど離れたところで、石田がそんな小平太の背中を見ながら磯崎に聞く。

「あの服部一忠って有名な武将なんですか？」

「いや、将来城持ちになるような人でもないんじゃがね。信長の部下として活躍する機会があったので、それで知っていたんだよ」

磯崎は十河に向き直る。

「勝手してすみませんでした、十河検査長」

謝る磯崎に十河は、手を軽く振って応える。

「いや、助かったよ、磯崎。これで信長と話が出来そうだ」

「きっと、新しいものが好きな信長に機関車を見せれば、しばらくここにいることくらいは、許可してくれるのではないかと思うのですが……」

「確かに……それはあるかもしれんな」

名古屋工場の敷地から出た小平太は、馬に乗って片手を挙げた。

十河らも手を挙げて応えると、小平太は熱田神宮の方へ去っていった。

三章　信長謁見

小平太《こへいた》が去った後、十河《そごう》らはタイムスリップした状況を手分けして確認した。

やはり詰所を中心に、半径二百メートルほどの円形状の土地が、そのまま戦国時代へタイムスリップしてきているようだった。

地面には平行に走る大量のレールが枕木《まくらぎ》と共に並んでいたが、建物は二階建てのプレハブ詰所とレンガ造りの機関庫、大型倉庫、作業場の四つだけだった。

遠くに馬に乗る者や徒歩の村人らしき人影が見えるのだが、時代にそぐわぬ異様な建物を不気味に思ってか、誰《だれ》も近づいて来ようとしなかった。

「この時代にこんな豪華な建築物は、そうざらにないはずですよ」

十河と一緒に見回っていた、歴史好きの磯崎が言った。

「まだレンガもない時代では、そうだろうな」

「まぁ、建物はいいとしても、地下に通っていた水道管、電柱を介して通っていた電線は切れてしまいましたから洗面、風呂《ふろ》、流し台などの水道設備や照明、テレビなどの電化製品はまったく動かせそうにありませんな」

「ガスはプロパンだったから使えるだろう」

十河はそう言ったが、磯崎の顔は渋いままだった。

「給湯とガスコンロはとりあえず動きますので、水さえ張れれば風呂にも入れますがね。ただ、プロパンガスも壁にある三本を使い切ってしまうと、あとは……」

「プロパンをボンベに充填《じゆうてん》出来んだろうな、この世界では」

頷《うなず》いた磯崎は倉庫を指差す。

「同じように作業用の発電機が、大型のものから持ち運び用の小型のものまであったので、保線区作業場にあった各種の電動工具や加工器材が使えますが、肝心の発電機を回すガソリンや軽油などの燃料は、機関庫の地下タンクに残っているだけですからな」

「どのくらいある？」

少し考えてから磯崎が答える。

「たまたま、数日前に給油していたこともあって、今は約四十五キロリットル程度のストックがあるようですが、こちらも……」

「使い切ったら、あとがない」

「そういうことです。戦国時代でも少しくらいの原油なら手に入れることは出来ますが、それをガソリンや軽油と分ける精製が出来ませんからな」

「ああいった機関車も無用の長物になってしまうな。油がなくなってしまえば」

十河が見つめた機関庫には、年一回工場公開イベントで使用していた「C11形」蒸気機関車と、貨車入れ替え用のディーゼル機関車「DD16形」が一台ずつあった。

また、外の留置線にはレール運搬用の長物フラット貨車「チキ6000形」が十両。

更に解体予定で留置されていた20系旧型寝台客車の最後尾車ナハネフ22が、塗装も剝《は》げてボロボロの状態で一両。

そして、名古屋工場の片隅に留め置かれっぱなしになっていた「ソ80形」事故救援用操重車があった。この車両は鉄道用大型クレーン車で、回転式キャブとクレーンを装備しており、直線型のブームを下ろすための長物車との二両編成だった。

「では、私は車両の状態を確認してきます」

磯崎が頭を下げていなくなるのと入れ替わりで、石田がやってきた。

「保線区の装備は一通りありますから、すぐにでも線路を敷けますよ」

微笑む石田に、十河はフッと笑う。

「戦国時代で線路工事か……」

「軌道モーターカー『TMC－100形』と、屋根なしのトロッコが三両、それと軌陸型油圧ショベルがあります」

軌道モーターカーは小型ディーゼル車で、黄色に塗られた凸型の車両前方にはエンジンがあり、真ん中には運転台。後部には折りたたみ式クレーンが装備されている。

いつもこの軌道モーターカーにトロッコを三両連結して、保線区の作業員が道具と共に乗って行き、作業を行ってきた。

軌陸型油圧ショベルはクローラーの装備のパワーショベルで、線路上も走れるようなアタッチメントが装備された工事機械で、これも保線作業に使用されている。

「レール、犬釘《いぬくぎ》、枕木、バラストなどの保線資材も大量にあります。それから、C11用に用意していた石炭も、十トンほど野積みしてありました」

「車はなかったか？」

石田は残念そうに首を左右に振る。

「国鉄職員が通勤に使用していた原付と自転車が十数台、詰所脇《わき》にありましたが……」

「そうか、移動手段がないとはな」

十河は唇を噛《か》んだ。

調査には、保線区と運転区、車掌区の者は協力したが、整備区二人は詰所二階の和室で寝転がっているだけで、まったく手伝おうとはしなかった。

二時間ほどで集計が出来たので、詰所一階の集会場に十河と高木は入った。

十河の背面のホワイトボードには、各人が調べてきた在庫リストが並んでいる。

ホワイトボードを見上げた十河は、深いため息をつく。

「思ったよりも食料の備蓄が少ないな」

その言葉に高木も頷いた。

高木は十河の片腕として保線区の副責任者を勤めてきた。十河とあまり歳《とし》は変わらないのに、出世が遅れたのは、妻と二人の娘とのプライベートを優先するタイプだったからだ。

クリップボードに挟んだ備品リストを、高木は人差し指で上から追いかける。

「ここは保線区の詰所だからな。一応、災害時非常食として備蓄していたカップラーメン、缶詰、レトルト食品なんかはあった。だが十人で普通に消費してしまえば、もって二週間で底をついてしまうだろう」

保線区内の資材管理を主にやってきた高木の分析は、正確だった。

十河と高木は上司と部下の関係にあるが、年齢が比較的近く、高木は上司に対しても入社の頃《ころ》から敬語を使うことはなかった。十河も気を遣われることを嫌ったので、いつもこうした会話になっていた。

「水も要るだろう」

詰所一階の台所に積み上げた、ミネラルウォーターの段ボールを十河は見つめる。

「こっちも二週間といったところだ。俺達《おれ》現代人が飲んでも腹を壊さない程度の水を確保する必要性がある。そっちの方が死活問題じゃないか？」

そんな話を聞いていた十河は、再びため息をつく。

「無人島でサバイバルをやるのと変わらんな。戦国に流された我々は」

「あぁ、それは間違ってはいない。こいつは災害に遭遇したといってもいいだろう。それも、復旧の目途《めど》がまったく立たない……な」

「そうだな」

保線区で仕事をする時、高木の正確な報告を十河はいつも頼りにしていたが、こういう時には現実を突きつけてくる厳しい存在と感じてしまう。

数枚の備品リストをめくりながら、高木は少し不安そうな顔をする。

「十河検査長。それ以上に問題があると思うんだが」

高木の心配事が分からなかった十河は、顔を見上げて聞き返す。

「なにが足りない？」

「武器だよ」

高木は「当然」といった雰囲気で答えた。

それについては十河も気にはなっていたが、鉄道会社で武器を備蓄することはない。

十河には笑うしかない。

「我々は自衛隊でもなければ、警察でもないのだぞ」

「それは仕方のないことだが、周りもそう思ってくれるとは限らないぞ」

閑散とした名古屋工場の敷地を高木は窓から見つめた。

今は幸い治安が保たれていたが、確かにいつまでも安全とは言えなかった。

金や銭などの金品を持っていないにしても、武器を持たぬ無防備な者がいれば「食料でも奪おう」と考える賊の類《たぐい》が現れないとも限らない。

十河は備品のリストを見つめる。

「鉄パイプ、機関車整備用の長物工具、ツルハシ、スコップといった鈍器くらいだろう。ここで武器になりそうな物は」

「こうなれば、サバゲー趣味の仁杉《にすぎ》が、自分のロッカーに隠し持っていた改造ガスガンも、有力な武器と考えることになりそうだな」

「そんなものを持っていたのか？　仁杉は」

頷いた高木は微笑む。

「会社帰りにサバゲーへ行ったり、徹夜のサバゲーから出勤してきていたからな、仁杉の奴《やつ》は。だから、ロッカーに数丁残っていたようだ」

「それは始末書ものだな。国鉄で見つかったら」

「ただ、銃のような貫通力がないとしても、ある程度の距離から攻撃出来る武器は貴重だからな」

顔を見合わせて、十河と高木は微笑み合う。

「だがないのだろう。肝心のガスボンベは」

「そうだ。今あるボンベが尽きればガスガンは単なるおもちゃだ」

「全《すべ》て『燃料が尽きれば』……終わりだな。我々の時代から持ち込んだ物は」

明るくない状況に十河が肩を落とすと、高木は気楽に笑う。

「現代文明の脆《もろ》さって奴だ」

十河らが持ってきた水と食料は、約二週間で底をつきそうだった。

蒸気機関車やディーゼル機関車など、戦国には存在しないオーパーツを持ってはいるが、それが使用出来るのも燃料があるうちだけだ。なくなればガラクタに変わる。

「とりあえず、食料と水は奪われないようにな」

「重要物資は詰所の奥で管理して、今日から交代で夜間も見張りを立てるように、シフトを組むしかないな」

「よろしく頼む、高木」

「分かった」

そこで立ち上がった十河は、詰所から出て一人で敷地内を歩き出した。

敷地内の各所に散らばっていた保線区員は、十河の命令に従って資材の数量を確認しながら、重要な物を詰所内へ運んでいた。

「しかし、どうしたものか？　これから」

責任者として、十河は考えを整理しておきたかった。

十河らが自衛隊で戦車やヘリコプター、機関銃などと共にタイムスリップしてきたのなら「戦国武士と戦って天下を獲《と》る」などという生き方もあるだろう。

だが、自分達は「国鉄職員」である。

周囲にあるのは大量のレールと枕木、機関車、貨車など鉄道資材だけだ。

武器はピストル一丁存在しない。

たぶん、戦闘力から言えば付近の農民よりも低いかもしれない。

永禄《えいろく》三年の尾張《おわり》の治安状態はどの程度のものかは分からないが、少なくとも通勤、通学の需要があるとは思えない。

ましてや観光で鉄道旅行を楽しむ余裕など、戦国時代の人々にはないだろう。

もしかすると、動く機関車を見世物として披露して、見物料をとるようなことなら出来るかもしれないが、それも燃料が尽きてしまえば終わりだ。

この時代で生活をしていくなら、主産業の農業に従事しなくてはいけないはずだ。

だが、国鉄で働いていた自分達が、突然農業で暮らしていけるとも思えなかった。

「国鉄職員の我々に、何をさせようとしているのか？　歴史は」

ヘルメットのツバを親指で上げながら、十河は現代の名古屋工場では見ることもなかった、車の排気ガスなどで汚されていない、澄み切った青い空を見上げた。

十河が再び動き出した腕時計に目を落とす。

「13時頃といったところか、もし時刻が合っていればだが」

この世界には正確な時刻を知る手段はなく、一時止まっていた腕時計が正確な時刻を刻み続けているかどうかは、十河には分からなかった。

その時、熱田《あつた》神宮の方からドドドドッという、大きな馬蹄《ばてい》の音が近づいてくる。

十河は詰所の前へと戻りつつ、線路の向こうに続く真《ま》っ直《す》ぐな道路を見つめた。

すると、さっきと同じように、脇道から騎馬が勢いよく飛び出してくる。

だが、道路へ飛び出してきた騎馬の数は段違いだった。

「何事だ⁉」

十河は馬蹄の音がする方角を見ながら身構える。

立派な髷《まげ》を結い浅葱《あさぎ》色の直垂《ひたたれ》を着た侍が、先頭の漆黒の馬に跨《また》がっており、その馬を追いかけるようにして、三十騎程度の騎馬が連なっていた。

じっと侍達の姿を見ていた十河は、鎧《よろい》を誰も着ていなかったことから（戦闘に来たのではないのだろうがな……）と考えた。

だが、一応警戒をしておく必要はある。

「全員、東側注意！」

保線作業の時に命令する方法で、十河は周囲の国鉄職員に向かって叫んだ。

聞こえた者は伝言ゲームの要領で「東側注意！」と復唱していく。

こうやって保線現場では、列車の接近や山崩れの前兆などを知らせるのだ。

勢いよく迫って来た騎馬軍団だが、やはり線路が地面に並ぶ名古屋工場の敷地寸前で急停止して、数頭の馬がさっきと同じようにレールを嫌って大きくいないた。

だが、先頭で馬に跨り浅葱色の着物を着る侍は、見事に手綱を扱って落馬することなく止まる。その後ろにいた馬には、小平太が乗っていた。

一度ここへ来て要領が分かっていた小平太は、今度は落馬しないようにレールの前で下馬し、浅葱色の着物の男に素早く駆け寄る。

「御屋形《おやかた》様、ここから徒歩《かち》にて……」

「そうであるか」

御屋形様と呼ばれた男が、馬上から飛び降りるようにして着地すると、すぐに側《そば》にいた者の一人が轡《くつわ》をとって馬を後ろへ引く。

遠くでその様子を見ていた十河の体に、一気に緊張感が走る。

「あれが織田信長《おだのぶなが》か。御屋形様と呼ばれたということは」

すぐに詰所の方に振り返り十河は叫ぶ。

「磯崎！」

だが、歴史好きの磯崎は、既に十河の側まで来て目を輝かせていた。

「さすが信長……もう来ましたか。噂《うわさ》通りですな」

信長はさっそくレールに興味を持ち、草鞋《わらじ》を履いた足で踏みつけて喜んだ。

「いや～生きている信長殿に会えるとは。現代にいる全《すべ》ての歴史学者がわしのことを羨《うらや》む至福の時間ですな」

磯崎は顔を紅潮させて興奮しているが、十河にはそんな余裕はない。

「信長から得なくてはならんのだ。我々の身の安全の保障をな」

「それは分かっています」

「それでどうする気だ？　磯崎。こちらの準備は、なにも出来てはいないが」

「それは大丈夫でしょう。きっと、敷地内を案内してやるだけで、いくら信長といっても驚くことでしょうから」

「そうだといいがな」

十河は言いようのない不安を感じていた。

やがて、小平太ともう一人のお供と一緒に、三人でこちらへ向けて歩いてくる。

他の者はレールが切れている場所で、馬に乗ったまま立ち止まっていた。

小平太とお供の者は、それがルールであるかのように、また枕木の上にだけ足を置いて歩いてきたが、信長は気にすることなく大股《おおまた》で歩いてくる。

草鞋でバラストを踏む度に、ガリッガリッと石同士が擦《こす》れる音が響く。

まだ百メートルくらい向こうだったが、信長は鋭い眼光を飛ばしながら十河の目を睨《にら》んでいるようだった。

その表情に笑みはなく、口を真一文字に結び不機嫌そうにも見えた。

「ここでの安全保障と、当面の食料と水を信長から得たいところだ」

信長から目を離さないようにしながら磯崎が呟《つぶや》く。

「十河検査長、こんなご時世ですから、食料を得たいなら、我々国鉄職員が『信長の役に立つ』というところを示さなくては、いかんのではないかと」

「我々が役に立つこと……か」

それについてはさっきも少し考えたが、我々は戦闘集団ではないのだから、戦国時代の武士である信長に、すぐに役立つのは難しいのではないかと十河は思っていた。

「そうでなければ、最も大事な物とも言える『米』を得ることは敵《かな》わんでしょうな。この時代を生きる者は、それに『命』を張っておるのですから」

「食い物のために……命か」

突然突きつけられた壮絶な課題に、十河は気持ちを決めかねていた。

組合活動に「命を賭《か》けてきた」が、本当に死を覚悟していたわけじゃない。

だが、今の自分達には、本当に死ぬ可能性が迫りつつあった。

ここで賊に襲われる可能性もあれば、食料が尽きて餓死することも考えられた。

やがて、二人の供を従えて歩いてきた信長が、目前に迫ってきた。

少し前で立ち止まった信長と十河は、黙ったままお互いの顔を見つめ合う。

信長が醸《かも》し出す雰囲気は、十河が国鉄では誰からも感じたことのないものだ。

信長は射貫《いぬ》くような眼《め》つきで十河を値踏みしているようだった。

言葉を交わすことなく目線だけで、二人はお互いの腹を読み合う。

そんな二人の間には誰も入り込むことが出来ず、十河の横に立つ石田も信長につき従ってきた供の者も微動だにしなかった。

これからのことを考えた十河は、信長とどうにか対等な関係を築きたいと考えていた。

そこで十河は（ここでへりくだっても仕方あるまい。部下になりたいわけではないのだから）と腹を括《くく》る。

やがて信長は領主である自分を前にしても、まったく媚《こ》びを売る気配も見せない十河に少し興味を持ったらしく、その瞳《ひとみ》を見据えたまま低い声で呟く。

「お主がこの砦《とりで》の主《あるじ》か？　名はなんと申す」

労働組合の闘争でいくつもの修羅場を越えてきた十河だったが、さすがに信長から発せられるオーラのような雰囲気に気圧《けお》され、少しだけ頭を下げて応える。

「日本国有鉄道・名古屋工場保線区軌道検査長、十河拓也だ」

信長を目の当たりにして嬉《うれ》しさを隠せない磯崎は、目を輝かせながら頭をしっかり下げ

「十河検査長に仕えております、磯崎連太郎と申します」と真面目《まじめ》に名乗った。

信長は胸を張り、上半身だけを少し前へ動かして会釈する。

「尾張領主、織田上総介《かずさのすけ》信長だ」

織田信長は小平太よりも背が高く、百七十センチの十河とほぼ同じくらい。

全体に痩《や》せていたが、筋肉質なことは直垂から出ていた野生動物のようにしっかりとしたふくらはぎから感じられた。

顔は長細い楕円形《だえんけい》で眼光は鋭く、太い眉毛《まゆげ》の間にある鼻は、まるで外国人のように高くて、その下に細い髭《ひげ》が左右に伸びていた。

十河と信長はお互いの目を見つめ合った。

だが、すぐに信長の興味は、十河ではなく後ろの建物に吸い寄せられる。

「お主らは総出で、何人じゃ？」

ここで嘘《うそ》を言っても意味はないと、十河は正直に答える。

「十名だ」

信長は「たった十名じゃと？」と少し驚く。

「それだけの人数で、これほどの城を一夜で建てたと」

「これが国鉄の技術力というものだ」

自分達が「使える」と見せなければ、この世界では生きていけないと感じていた十河は、なるべく存在が大きく見えるように虚勢を張った。

そんな十河の嘘を見抜くように、信長は鋭い目で睨みつける。

「では、もう一度やって見せよ」

突飛なことを言い出す信長に、十河はグッと唸《うな》って押し黙る。

「許可を与えてやる。この城を我が清洲《きよす》へ一夜で移動させせよ」

「それは出来ん。残念だがな」

「どうしてじゃ？」

十河は振り返って建物を見上げながら、適当な言い訳を並べる。

「多くの自然の力の蓄積が必要だ。これを移動させるにはな」

「ほぉ、力の蓄積とな」

「それに、今回は船が遭難してしまったことで、仕方なく国鉄の秘術中の秘術を使ったが、それをおいそれと人目に晒《さら》すわけにもいかんのだ」

そこで、信長の背中側から、小平太が声をかける。

「十河殿、御屋形様に見せたい国鉄の品があると聞いたが？」

振り返った十河は、四つの建物を見上げる。

十河はここまでの会話から（これは詰所にあるような小さな物を見せたところで、大して驚くことはあるまい）と感じていた。

最初は現代の品々を一つ一つ見せて驚かそうと思ったが、どうも信長から感じる雰囲気は好意的なものでなく、時間をかけるのはよくない気がした。

十河は右の人差し指を伸ばして機関庫を指す。

「では、国鉄の至極の品をご覧いただこう」

「見せてもらおう」

十河が前を歩き出すと、信長は小平太ともう一人の供を引き連れてついてきた。

だんだんと近づいてくるレンガ造りの機関庫を信長が見上げる。

「まるでバテレンの教会のようじゃの」

機関庫の屋根の先端までは約七メートルで、二階建ての住居程度の高さがあり、二本のレールが扉の向こうの機関庫内へ引き込まれていた。

周囲は赤いレンガ造りだが昭和の初めの頃に作られたために汚れで黒ずんでおり、波型のスレート屋根は一部が老朽化で欠けていた。

扉の前には保線区の二人が待機しており、信長が近づいてきたら力を合わせて木製の大きな扉を左側だけ開いた。

ギィィと大きな音をたてながら、高さ四メートルはある機関庫の扉が開く。

扉の隙間《すきま》から左の線路に留置してある蒸気機関車Ｃ11形と、右の線路に留置してあったディーゼル機関車ＤＤ16形が見えてくる。

「では、信長様。どうぞ中へ」

磯崎がうやうやしく頭を下げて、信長を機関庫に迎え入れた。

十河を先頭にして信長が、二人の供を従えて機関庫内に入る。

機関庫内はいつもの通り、油と石炭とホコリが入り混じった工場らしい匂《にお》いがした。

本来ならライトで照らせるのだが、電気がないために窓からの光しかない。

南側から差し込んだ白い斜光が、スポットライトのように機関車を照らしていた。

その瞬間、信長は部下の二人と共に『おっ……おぉ』と感嘆の声をあげる。

信長の反応に十河は（こんなものを見たことはあるまい。さすがの信長も……）と心の中で安堵《あんど》していた。

蒸気機関車の中では小型と言われるC11形でも、全長約十二メートル半、全高約四メートル、全幅約三メートル、空重量でも五十トンはある鉄の塊だ。

戦国時代に鉄はあっても、ここまで鉄を大量に使用した物体は存在しない。

車さえ見たこともない信長は、さすがに口をあんぐりと大きく開いた。

「こっ、これはいったい……なんじゃ⁉」

余裕の表情で右の口角だけを上げた十河は、C11形のボディに左手をつく。

「国鉄C11形タンク式蒸気機関車だ」

目を丸くした信長は半開きの口で、なんとか十河のセリフを繰り返そうとした。

「国鉄……しぃ〜じゅういちがた」

十河は後ろのディーゼル機関車を見る。

「そして、右の赤い機関車が、DD16形液体式ディーゼル機関車」

さすがにその長すぎた名前には、信長も繰り返すことを諦《あきら》めた。

小平太ともう一人のお供は、巨大さに怯《おび》えて機関庫から逃げ出そうとしている。

だが、さすがの信長は怯えることなく、十河の側に近づき右手を軽く丸めて、C11形のボディを恐る恐る叩《たた》く。

ボディからはキンと高い金属音が返ってきた。

「このような巨大な物が、本当に鉄で出来ておるのか？」

「あぁ、全て鉄で作られている」

「まるで、大きな鉄の牛のようじゃ」

目を見開いている信長に、十河はC11形の車体の各部を指差しながら説明する。

「ここに石炭を燃やすボイラーがあり、そこで水を沸かして水蒸気にし、その力を前方のピストンに送って前後に動かすんだ。そして……」

動輪につけられている主連棒に左手を置いて続ける。

「その前後運動をこの棒で動輪に伝え、円運動に変えて機関車を動かす」

十河は体の横に両手を置いて、自分を蒸気機関車に見立ててゼスチャーして見せる。

同じ日本人だが外国人に説明しているような気がした。

信長は、自分の身長に近い動輪を繁々《しげしげ》と見つめる。

「どうやって……このような巨大な車輪を作ったのじゃ」

「我々、国鉄ではこうした蒸気機関車が数百両作られ、毎日走っている」

「こんな物が……数百両も……」

生唾《なまつば》を飲み込んだ信長は、十河の言うことに心底驚いたようだった。

そして、みるみる興奮してきて、顔が真っ赤になっていく。

「これだけの鉄の壁であれば、矢はおろか種子島《たねがしま》の弾でも弾《はじ》くであろう」

それには十河の横にいた磯崎が、笑いながら答える。

「そうですね。この時代の火縄銃程度なら、キズもつけられんでしょうな」

一気に気分が高揚した信長が、上機嫌でアッハハハと大笑いする。

「今川との戦が迫っておる時に、これは天からの授かり物じゃ！」

歴史に詳しい磯崎は「……今川？」と呟いて、少し考え込んだ。

C11形蒸気機関車を気にいり、撫《な》でるように動輪を触っていた信長は、少し下がってから全体を見つめて満足そうな顔をする。

「して？　この鉄の巨牛は、どうやって戦うのじゃ？」

信長からの意外な質問に、十河は戸惑う。

「戦う……というと？」

「これだけの鉄を使う物ならば、この牛は戦の道具であろう？　のぉ十河」

十河は、残念そうに首を左右に振る。

「いや、これは戦の道具ではない」

その瞬間、驚いた信長と冷静な十河の視線がぶつかり合う。

「戦には使わぬだと⁉　十河」

「我々は武士ではない　信長」

一瞬、二人の間に火花が飛び、和やかな雰囲気が壊れ、緊張感が走る。

目を細めて怒ったような表情になった信長は、改めてC11形を見上げる。

「では、なにに使うものであるか？」

C11形のボディを撫でながら、十河は睨み返すように答える。

「これは物を運ぶ道具だ……戦には使えん」

「物を運ぶ道具じゃと？」

聞き慣れない言葉に、信長が問いを重ねる。

「人、物を遠くまで素早く運ぶことが出来るのだ。この機関車を使えばな」

胸を張った十河はC11形を自慢するように語った。

そんなことは十河もつい最近まで忘れていたが、鉄道とは本来「人と物を遠くまで運ぶ道具」だ。現代社会では採算だの政治だのが絡み合って、そうした目的を忘れがちだが、鉄道に従事する者なら、こうしたことが好きで働いているのだ。

だが、さっきまで興味津々だった信長の顔からは、完全に熱が醒《さ》めていた。

すぐに元の不機嫌な顔になった信長は、ため息混じりにさらに問いを重ねる。

「こんな大掛かりな道具を使ってまでして、人と物を運んでなんの意味があるか？」

鉄道に対して「意味がない」というような捉《とら》え方をした信長に、十河は自分達の仕事の意味を理解してもらおうと強い口調で言い返す。

「線路が敷かれ列車が走るようになれば、遠方でも人と物が高速で行き来出来るようになって大きな経済圏が形成され、その地域の商工業者が大きく発展する。その鉄道運行を行うことが、我々の国鉄の使命なのだ！」

想《おも》いを込めて十河は語ったが、信長の表情は曇ったままだった。

「確かに人や物が素早く移動すれば、商いが回るというのは分かる。じゃが、その余裕が今の尾張にはないのじゃ、十河」

「余裕がない？」

意味が分からなかった十河が聞き返すと、信長は寂しそうにフッと笑う。

「もう少し早く来ておったら、役に立ったかもしれんがの……」

その言葉は、話し合いのピリオドを感じさせた。

信長は突如踵《きびす》を返して、機関庫の出口へ向かって颯爽《さっそう》と歩き出す。

「小平太、清洲へ戻るぞ」

「おっ、御屋形様！」

突然のことに焦った小平太は、急いで背中を追いかけだす。

「今川との決戦が迫っておる時に、すまぬが物を運ぶ道具について話をしておるような余裕はないのじゃ」

十河は（信長が我々に対する興味を失ったか……）と感じ、これで交渉が決裂したことを痛感した。

十河が立ちすくんでいると、小平太が追いかけながら信長に進言する。

「御屋形様、彼らの願いは『国鉄よりの迎えが来るまで、ここで待たせてもらいたい』ということだけとのこと。それだけでもご許可願えぬでしょうか？」

信長は足を止め、首を垂《こうべ》れている小平太を見つめてから、呆然《ぼうぜん》とした顔で注目している周囲の国鉄職員を見回しながら答える。

「迎えが来るまでとな……」

「国鉄の者らは、船が漂流し、たどり着いただけ。ここはご慈悲を、御屋形様」

信長の判断は早く、すぐに頷く。

「あい、分かった。迎えが来るまでは、領内に留まることを許可してやろう。領内であれば自由に動くことも許してつかわす」

小平太は更に頭を低くする。

「ありがたき幸せにござります、御屋形様」

「行くぞ、小平太」

足を再び進めようとした時、十河が背中越しに声をかける。

「もう一つ願いがあるんだが……信長」

「なんじゃ？　早く申せ」

信長は振り返ることもなく、扉の方を見たまま足を止めた。

「我々は半月分の食料しかもっていない。そこで、申し訳ないが十人分の米を一か月分ほど分けては頂けないだろうか？」

それについては即断せず、信長は躊躇《ちゅうちょ》した。

「一月《ひとつき》分……であるか」

そう呟いてから、大きな声で言い放つ。

「では、半月分の米を届けさせる」

「半月分？」

希望した量に対して、半分だったことに十河は首を傾《かし》げた。

「お主らの食い物で半月、わしが送った米と合わせて一月は暮らせよう」

首だけ少し回した信長は、不敵な笑みを浮かべる。

「そこから先の米については、この尾張が引き続き信長のものならば……だ」

意味が分からなかった十河は「信長のものならば？」と問い返した。

「そうじゃ、小平太」

小平太は素早く信長の側に控えた。

「なんでございましょう、御屋形様」

「お主にこの者らの扱いを任せる」

それには小平太は驚き、目を見開いて、自分の顔を人差し指で差す。

「わっ、わたくしめに、彼らの扱いをでございますか⁉」

「十河もお主相手なら、少しは気心がしれていよう」

そこで、もう一人のお供を信長は見る。

「お主らには妻も子もおらぬから、この新介《しんすけ》と共にここで一緒に寝起きし、国鉄の者が迎えに来るまで、十分に面倒を見てもらうがよい」

「わっ、わたくしもですか？」

いきなり巻き込まれた、もう一人のお供である新介は驚いた。

尾張領主に言われては、一介の武者に過ぎない小平太や新介に断ることは出来ない。

二人は深々と頭を下げて「ハハァ」と返事した。

アハハと高笑いした信長は、自分一人だけで機関庫を出ていく。

そして、お供の者らが待ち構えているところまで大股で戻っていった。

しばらくすると、騒々しい馬蹄の音が巻き起こる。

十河らが急いで機関庫から出て確かめてみると、信長がお供らの騎馬と共に砂埃《すなぼこり》を巻き上げながら、名古屋工場から走り去って行くところだった。

すっかり静かになった機関庫には、国鉄職員が四人と取り残された信長の部下が二人という変な感じになった。

側へ走ってきた石田は、十河に小声で耳打ちをする。

「……どうするんです？　信長の部下と一緒に生活するんですか」

「……食料や水の供給を受けなくてはならんのだ。仕方あるまい」

小平太にしても新介にしても、こんな得体の知れない連中の相手などしたくはないだろうし、こんな場所で寝起きするのも不安なはずだった。

気まずい雰囲気が一瞬漂ったが、小平太の方が気持ちの切り替えが早かった。

「突然で済まぬが御屋形様のご命令につき、こちらで厄介になる」

小平太が頭を下げた横で、新介も慌てて頭を下げて挨拶《あいさつ》をする。

「拙者は尾張領主、織田上総介信長にお仕え申しております馬廻衆《うままわり》、毛利《もうり》良勝《よしかつ》と申す者。突然のことに申し訳ござらんが、よろしくお頼み申す」

それに応えるように、十河らも自分達の名前を伝えた。

十河らは慣れないが、初めての相手にはこうした名乗りが名刺交換のように行われるのだと理解した。

「それで、毛利良勝さん」

石田に向かって、新介は右手を挙げる。

「いや、拙者のことは『新介』と呼んでくだされ」

「分かりました。新介さん、小平太さん。とりあえず、詰所へ行きましょう」

「分かり申した」

十河ら保線区員は信長の馬廻衆二人と共に機関庫から外へ出た。

そこで、小平太が十河に告げる。

「すまぬが家へ着替えなどの荷物を取りに戻りたいのじゃが」

「自由にやってくれ」

「では、そうさせてもらおう。夜分には戻ってくるからの」

小平太と新介は、二頭だけ残っていた馬へ向かって歩いていき、やがて騎乗して信長が走り去った方角へ消えていった。

「さて、どうしたもんですかな」

ぼやく磯崎に十河は答える。

「まずは今後の方針を決めるとしよう。会議でな」

石田は別なことを心配する。

「ここで生活するのはいいですが、どこで寝泊まりします？」

十河は機関庫の奥を見ながら答える。

「ナハネフ22寝台客車を使うしかないだろう」

「あのボロボロの客車ですか？」

「ここには個室というものがない。タイムスリップしてきたのは詰所、倉庫、作業場、機関庫だけで、詰所の二階に畳敷きの部屋があるだけだからな」

石田は小さなため息をつく。

「では、まずは寝台客車の掃除ですね」

十河らが詰所へ向かって歩き出すと、戸がガラリと開いて整備区の下山と加賀山が並んで飛び出してくる。いつも詰所二階の畳部屋にいる二人だけは、十河にまったく協力していなかった。

二人は十河と一瞬目が合ったが、黙ったまま熱田神宮へ向かって歩いていく。

そんな二人の背中に十河が話しかける。

「どこへ行く気だ、下山」

振り返りもしない下山は、不機嫌そうに舌打ちをする。

「どこへだっていいだろう？　あんたは修学旅行の先公かってんだ」

「そっすよ。大きなお世話っすよ」

舎弟となった加賀山が頷くと、石田が一歩前に出る。

「外はどういう状態が、まだ分からないんだぞ」

「わ～ってるよ～石田」

首だけ回しギロリと石田を睨んだ下山は、レールの向こうの林を指差す。

「ここは戦国時代なんだろう？」

下山の肝の据わり具合に、石田は気圧される。

「そっ、そうだ。だから、いつ敵に襲われるか――」

しゃべりの途中で下山は、手を振りながらアハハと大笑いする。

「ここに居たって、やられる時はやられんだろ」

「いや、信長の許可はとったんだ。だから、ここは安全なはずだ」

下山は右の眉毛をグッと上下させ、十河を睨みつける。

「おらぁ～な。納得して死にてぇんだよ。また、のこのこ誰かさんの後ろをついていって、最後に『やっぱりダメでしたぁ』なんて人生は、もうまっぴらごめんなんでな」

下山の太鼓持ちとなっていた加賀山は、横で何度も頷く。

「そっすよ。この世界には国鉄はもうないんすからね。誰が偉いとか、誰かの命令を聞かなきゃなんないとか、もうそんなもんはないんすからねっ」

「そういうこった。じゃあな」

二人は紺のツナギのポケットに両手を突っ込んで、東へ向かって線路を歩いていく。

「おい、加賀山！　下山さん」

石田は大きな声で叫んだが、二人は振り返ることもなかった。

十河は二人の背中を目で追いながら、石田の肩に手を置く。

「放《ほう》っておけ。間違っていない。あいつらの言うこともな」

「ですが、十河検査長。勝手な行動を許しては……」

「たいしたことは出来んだろう。金を持っているわけじゃないのだから……」

「それはそうかもしれませんが……」

下山らが言うことを聞かないのは、十河を尊敬している石田には不満だった。

「確かにもう国鉄はない。石田、お前も自由にして構わんのだぞ」

十河に向かって石田は勢いよく振り返る。

「自分はついていきます。十河検査長に……どこまでも」

「そうか……」

その言葉が素直に嬉しかった十河は、微笑んで応えた。

「石田、全員を詰所一階の集会場に集めてくれ」

「分かりました」

在庫確認作業や掃除は一旦中止され、話し合うために、詰所一階の折りたたみテーブルをロの字型に組み、一テーブルに二人ずつついて囲んだ。

さきほど信長と交わされた内容が報告され、結果としてこの場の安全保障、半月分の食料の確保などと共に、新介と小平太が一緒に生活することが告げられた。

会議に参加したのは保線区の十河、石田、高木、磯崎、藤井、仁杉。それから運転区の長崎と車掌区の杉浦の合計八名だった。

全ての報告が終わると、藤井が声をあげる。

「それで？　いったいどうするんです。俺達国鉄職員が、こんな戦国時代で」

「その基本方針を決めておきたいんだ、全員でな」

運転士の長崎が、眼鏡のフレームサイドに手を添えながら最初に発言する。

「なにはともあれ、歴史に介入すべきではないのではありませんか？」

横に座っていたアニメ好きの杉浦がフッと笑う。

「あぁ～よく聞く『タイムパラドックス』って奴ですよね」

「タイムパラドックス？　なんだそれは」

あまりアニメや特撮を見ることのない高木は鼻で笑った。

「要するに僕らがこの時代でなにかしてしまうと、未来の歴史が書き換わってしまうってことです。例えば、高木さんの先祖だった人を殺してしまったら、高木さんを含めて、その後に生まれる予定だった人物が、突然消えてしまう……みたいな」

杉浦は上へ向けた右手をパッと開いて見せた。

「そうすると……俺の行動によっては、未来の自分の家族を消してしまう可能性もあるってことか？」

「だけど、僕はそういうタイムパラドックスは、起こらないと思いますけど」

自信ありげに言い切った杉浦に十河が聞き返す。

「どうして、そう思える？　杉浦」

「ここは確かに過去にあたる『戦国時代』ですが、我々のいた未来とは、まったく違う世界に来てしまっているからですよ」

『まったく違う世界だと⁉』

その考えには全員が声を揃《そろ》えて驚く。

静かに頷いた杉浦は、落ち着いた雰囲気で説明を始める。

「『戦国時代に国鉄職員がタイムスリップしていた』なんて歴史は、我々の世界には存在していませんでしたよね。つまり、僕らが現れた時点で、この世界の未来は僕らのいた世界じゃないはずです。まぁ、パラレルワールドの一つといった感じですね」

「そのパラレルワールドって、どういうことだ？」

理解不能の言葉が続いて、高木は嫌そうな顔をする。

そこで杉浦は空中に、次々と円を描いていく。

「この世界には『無限に平行世界がある』という考え方ですよ。人々がどう行動したかによって、少しずつ違う世界が無限に増えていくみたいな」

「まったく理解出来んな」

高木は完全に匙《さじ》を投げて、背もたれに背中を預けて天を仰いだ。

「簡単に言えば……既に『我々が戦国時代にタイムスリップした』時点で、歴史には介入しちゃってますから、ここでなにをしても未来に影響はないと思いますよ、僕は」

話を聞くだけになってしまった他の者は、最後に「そうか」と唸るだけだった。

杉浦の理論に対抗案を出せる者は一人もいなかったからだ。

「どう思いますか？　十河検査長」

石田が横にいた十河に判断を仰ぐ。

「それを論じていても仕方ないだろう。この世界がどうなっているかを……」

「そうですね。タイムスリップ自体が理解不能なのですから」

「であれば、杉浦の言う通り。当面は『遠い未来がどうなるか？』などという問題は論外としておいて、我々の生存を優先すべきだと思うがね」

その意見には全員が頷いて賛成した。

まとまったタイミングで、高木は持っていたクリップボードに基本方針を書き込む。

「では、とりあえず歴史に介入することは『致し方なし』ってことだな」

少し肩を落とした運転士の長崎は、沈痛な面持ちで呟く。

「我々が現代へ戻る可能性は、もうまったくないのでしょうか？　独り者はいいとしても、ご家族がおられる高木さんだって、磯崎さんだって家に戻りたいでしょう」

キレイ好きの長崎は衛生状態のあまりよくない戦国時代から、現代へ戻りたかった。

高木と顔を見合わせた磯崎は、少し照れくさそうに笑う。

「わしの家は子供が独立して、もうわし一人だからね。確かに子供に会えないのは辛《つら》いが、それよりも今は本物の歴史を、この目で見られることに興奮しておって『しばらくは帰りたくない』というのが正直な気持ちだな」

磯崎が賛同してくれないので、長崎は高木に期待する。

「むろん妻や娘のいる家に帰りたいが、願ったからといって帰れるもんでもあるまい」

なぜか多くの者が「戦国時代で生きていく」と考えていることに違和感を覚えていた長崎は、身振り手振りをくわえて必死に説明する。

「このタイムスリップは一時的なものかもしれませんよ。であれば、変に歴史には介入せず、この名古屋工場で大人しく再び同じ現象が起こるのを待っていれば、我々は国鉄の分割民営化の夜へ戻れるのではないでしょうか？」

「なるほど。そういう可能性もあるかもしれんな」

腕を組みながら高木が頷くと、長崎の横に座っていた杉浦が発言する。

「いや、その可能性は、きっと低いんじゃないかな〜」

少し目を細めた長崎は、首の後ろで手を組む杉浦を見る。

「どうしてそんなことが言えるんですか？」

「そもそもさぁ。タイムスリップなんてことが異例中の異例ですよね。だって、そんな現象をニュースで聞いたことがあります？」

「そんな話は……確かに聞いたこともありませんが……」

「人類数千年の歴史の中で、一度も『○○さんがタイムスリップしました』って話が記録にないんですよ。そんなことが二度も起きるとは思えなくないですか？」

こうした状況においてはアニメや特撮を多く見ていた杉浦のSF的な考え方が、一番説得力を持っていた。

杉浦がしゃべり終わるのを待って、磯崎が考えながら聞き返す。

「じゃが〜歴史的な記録としては『行方不明』になったが、実は『タイムスリップしとった』って、こともあるかもしれんぞ」

杉浦は「いやいや」と手を左右に振る。

「まぁ〜消える方はいいとして。もしタイムスリップから戻って来た人がいたら、世界的に話題になりますよね？　きっとトップニュースになりますよ」

「確かにな。そう言われれば『タイムスリップから戻った者』は、歴史上一人もいないのかもしれんなぁ」

そこで高木は、杉浦のオタク的な知識に期待して聞く。

「あくまで参考にだが、杉浦の知っているアニメでタイムスリップをした場合、元の時代に戻るって展開は、どれくらいあるんだ？」

杉浦は思い出すように考える。

「ハッキリ数字では言えませんけど。まぁ半々って感じじゃないですかねぇ」

そんな話を聞いた高木は「五十パーセントか」と呟いた。

そこで会話が途切れ、集会場は重苦しい空気に包まれた。

しばらく黙っていた十河は、やがてテーブルの上に肘《ひじ》をつき両手を組む。

「気持ちは分かるが、長崎。その可能性に賭けるわけにはいかない」

「どうしてですか？　十河検査長」

「現実問題として我々の備蓄食料、燃料などは日々減っていく。もちろん、再びあの光が現れて、我々が元の時代へ戻れるなら、それに越したことはないが」

「奇跡を待っている時間はない……ということですか？」

口を真っ直ぐにした長崎に、高木が口角を上げて微笑む。

「要するに……全員で『待ちぼうけをしているわけにはいかない』ってことだ」

「待ちぼうけ……」

「倉庫にあった非常用食料をかき集めても、二週間分しか食料はない。信長は二週間分の米は『送る』って約束してくれたが、その後の支援がなくなれば……」

右手の親指を立てた高木は、首にあててすっと横へ引く。

「俺達は仲良く餓死して、あの世行きだろう」

「つまりこのままでは、あと一か月しか生きられない……ということですか」

ギリッと奥歯を噛む長崎を十河は改めて見つめ直す。

「そう考えると、基本的に『元の時代へ戻れる』奇跡が起きることを期待しつつ、その日までは……」

十河は窓の向こうに広がる景色を見て続ける。

「この戦国の世を生き抜くしかない」

十河がテーブルに顔を戻すと、全員が決意するように静かに頷いた。

「これが国鉄の第二の基本方針ってことになる」

高木がクリップボードに二行目を書き込んでいると、石田が嬉しそうに微笑む。

「こんな時代に流されてしまったのは困りものですが、そのおかげでまだ『国鉄』と名乗れるのは少し嬉しいです、自分は」

「確かにな、それは私もそう思うよ」

十河も応えるように石田に微笑んだ。

今まで黙っていた体力自慢の藤井が、ご飯を食べる仕草をする。

「生き残るというのは分かったけどよ。どうやって飯を手に入れるんだ？」

「私は米作りとか、魚釣りとかまったく出来ませんよ」

運転士の長崎は、早々にサバイバル無理宣言を行う。

まったくしゃべることのない仁杉が、懐《ふところ》からガバメントを取り出して構える。

「それで小鳥ぐらいなら、撃ち落とせそうじゃな」

磯崎が微笑むと、高木が冷静にクリップボードに目を落とす。

「ガスガン用のボンベは三本しかない。その後はどうするんだ？」

混乱する全員の顔を見てから、十河が話しだす。

「我々は国鉄で線路を敷き、列車を走らせてきたのだ。今さら付け焼き刃で米作りを学んだり、釣りを始めたところで、大した成果は得られんだろう」

高木は小さな畑を借りて家庭菜園をしているし、藤井は釣りに出掛けることもあるが、それはあくまで趣味の範囲であって仕事ではない。

ここにいる全員が鉄道に関してのエキスパートではあるが、それ以外のことについては素人同然といってよかった。

藤井は太い両手を胸の前でガシッと組む。

「米がとれるまでの半年間で、俺達は飢え死にしちまうな」

「つまり……自給自足での生き残りは、かなり難しいってことだ」

高木は会議のメモをとりながら、そこに横線を引く。

それで全員が黙ってしまい、部屋に響いたのは唸る声だけ。

十河らがこの時代に持ち込んだ物は、どれもが遥《はる》かに進んだテクノロジーによって作られている物だが、それを維持するには何らかのエネルギーが必要になる。

電化製品には電気が必要であり、発電機を動かすには燃料が必要だった。

当面は備蓄していた物資で動かせるにしても、一年もすればどんな道具も動かなくなってしまうと思われた。

そういう物をベースに生き残り策を弄《ろう》しても、いずれは立ち行かなくなる。

だから、全員の思考が同じところでグルグル回ってしまったのだ。

そんな沈んだ部屋の雰囲気を察した石田は十河に進言する。

「ここは信長に長期間の支援を、お願いするしかないんじゃありませんか？」

磯崎は「いやいや」とすぐに否定する。

「信長にとって我々が『役に立つ』と思わせないと、長い支援は受けられんよ」

「支援……ということは、戦に協力するということですか？」

目を見開いた長崎は、真っ先に首を左右に振る。

「私、人殺しなんて！　絶対に無理ですから」

磯崎はフッと微笑む。

「いや～我々十人くらいが戦に加わったところで、信長は我々を大事には扱わんだろうな。その程度の者なぞ、戦においてはものの数ではないのじゃから」

「ですが、信長が必要としている武器を持っているわけでもありませんし……」

長崎が悔しそうな顔をしていると、磯崎が話をまとめる。

「つまり……『信長の役に立たなくてはいけない』のじゃが、わしらには『戦に協力する手段』がなにもないってことじゃな」

顔を見合わせた全員が深いため息をついた。

「これでは、半月の米を最後に、支援は打ち切られるかもしれんな」

そう磯崎がぼやいた瞬間、十河はふと気になることを思い出す。

「そう言えば、どうして信長は我々が『米を一か月分』と言ったのに、とりあえず『半月分』と半分の量にしてきたのか？」

そんな十河のセリフを聞いた磯崎はムッと腕を組み、下を向いて考え込んだ。

石田はその時の信長の言葉を思い出す。

「確か信長は『この尾張が引き続き信長のものならば』とか言っていましたね」

「なんだそれは？　もうすぐ台風か地震でも来るっていうのかよ」

豪快に笑い飛ばした藤井につられて、長崎もフフッと笑う。

「信長って本能寺《ほんのうじ》の変で死ぬんでしたよね？　チラリと見ましたがまだ若かったじゃありませんか。つまり死ぬのはまだまだ先の事ってことですよね？」

その時、歴史好きの磯崎がボソリと呟く。

「そう言えば、今は何年だったかの？」

そういうことも細かくメモしている高木がすぐに答える。

「小平太の証言によると、永禄三年とのことだ」

「えっ、永禄？　それ西暦何年ですか」

石田は困った顔で聞き返す。

「西暦では一五六〇年だな」

その瞬間、磯崎が悲鳴のような叫び声をあげた。

「そうか！　一五六〇年だからか!!」

詰所の外にまで聞こえそうな大声に、全員が少し引きながら磯崎に注目する。

「どうした？　磯崎」

十河を見る磯崎の目は見開かれ、白目は血走っていた。

「今年は一五六〇年！　永禄三年なんじゃよ、十河検査長」

磯崎は体をワナワナ震わせているが、その年号だけでピンとくる者は他にはいない。

十河は冷静に答える。

「私も歴史にはそれほど詳しくないが、まだ、信長が殺される年でないだろう」

「本能寺の変は、天正十年六月二日早朝。西暦で言えば一五八二年のことですな」

磯崎が即答した瞬間に、高木がすかさず言う。

「だったら、信長の死ぬのは約二十二年後ってことだ」

額から流れ出した汗を作業服の袖《そで》で拭《ぬぐ》って、磯崎は全員の顔を見ながら話し出す。

「ですが信長は一五六〇年に、人生最大のピンチを迎えているんです」

「それはなんだ？」

高木が聞き返すと、磯崎は一拍置いてから呟いた。

「桶狭間《おけはざま》の戦いです」

さすがにその名前だけは、全員が知っていた。

『桶狭間か⁉』

磯崎は頭で計算しつつしゃべる。

「確か……今日は四月一日。桶狭間の戦いが行われたのは、旧暦の五月十九日」

「ということは、約一か月半後だ」

磯崎は頭を抱える。

「信長が『今川との戦が』と言った時に、気がつけばよかった……」

高木には磯崎が頭を抱える原因が分からなかった。

「それがどうした？　歴史では信長が上手《うま》く奇襲して、今川義元《よしもと》を打ち破ったんだろう。だったら死ぬようなピンチではないじゃないか」

磯崎は顔を上げて高木を見る。

「確かに、歴史的には信長が今川義元の本隊を急襲して、桶狭間において勝利するが、この世界でも必ず同じことになるかどうか分からんぞ」

「それはどういうことだ？」

他の者も磯崎の悩んでいるポイントがいまいち分からず、首を捻るだけだった。

「少なくとも、我々は桶狭間の戦いを狂わせ始めているはずじゃ」

「我々が狂わせ始めている？」

長崎は静かに聞き返してから続ける。

「我々は信長に会っただけですよ。武器も提供していませんし、桶狭間の戦いに対して、なんらかの影響を及ぼすとは思えませんが……」

長崎はズレた眼鏡の真ん中に指を置いて押し上げる。

磯崎は顔を下に向けて左右に素早く振った。

「いやいや、そこじゃない。あの小平太は、今川義元に一番槍《やり》をつける戦功をあげた武者で、新介は今川義元の首を獲《と》った人物なのだ！」

「そっ、そうなんですか⁉」

そんな人物だとは、歴史に詳しい磯崎以外の全員が知らなかった。

「そんな二人が我々の面倒を見るという役職についたことで、もしかすると、史実通りの桶狭間の戦いにはならないかもしれんぞ」

石田は、磯崎の話を聞いて少し焦って言う。

「しっ、しかし……彼らだって、戦争となれば我々の世話など止《や》めて、戦いにはせ参じることでしょう」

「そうかもしれんが……。信長から『我々の面倒を見ろ』と命令を受けたのじゃから、それを放り出して戦場に駆けつけるのは命令違反になるやもしれん」

その意見には高木も頷く。

「それはそうだろう。織田家の『重要な戦い』だと言っても、配下にある全ての武士が参加するわけじゃないだろう。つまり城を守る連中もいるのと同じように、彼ら二人の使命は『我々の面倒』になっているはずだ」

石田は腕を組む。

「ですが、小平太と新介が桶狭間に居なかったとしても、信長は今川義元に対して奇襲攻撃を行うのですから、首を獲る人物が変わるだけではありませんか？」

磯崎はウムと唸る。

「いや、確か彼らは信長の本隊からは離れて行動したから、輿《こし》で後方へ逃れようとしていた今川義元を発見したはずだぞ」

「二人がいなければ、今川義元を取り逃がす可能性がある……ということか」

高木はフムッと両腕を組む。

「桶狭間の戦いで首を獲るのに時間がかかれば、本陣へ急いで引き返してきた今川義元の部下達に、信長の少数の本隊が包囲殲滅《せんめつ》される可能性もあるやもしれん」

「ヘタすりゃ信長が、桶狭間の戦いで死んじまうってことか？　磯崎さん」

「そういう可能性もあるじゃろうな」

「だが、もしそうなったとしても信長の息子が跡を継いで、今川義元との決戦が数年後に『先延ばしになるだけ』じゃないのか？」

磯崎は勢いよく首を左右に振る。

「いや、信長が死んでも……いや、奇襲が失敗して義元の首を獲り損なったら、今川軍は尾張まで侵攻してきて、清洲城を囲む籠城戦《ろうじょうせん》になるかもしれんぞ」

「籠城？　つまり信長は立て籠《こ》もるというわけか」

「元々、今川義元の尾張侵攻に対して、清洲城での『籠城論』というのも根強かったそうじゃから、奇襲に失敗すればそうなる可能性が高いだろうな」

「籠城し続けていれば……勝てるんじゃないか？」

磯崎は力なくため息をつく。

「織田を救援してくれる者はおらん。たぶん、和睦《わぼく》することになって、織田信長は今川義元の配下になる。今、三河《みかわ》の徳川家康《とくがわいえやす》がそうなっておるように」

磯崎と高木の会話を聞いていた十河はボソリと呟く。

「あまりいい展開とは思えんな」

「ここで織田信長が桶狭間の戦いに失敗してしまったら、戦国時代の混乱は長く続き、後年の歴史にも悪影響が出るでしょうな」

「まぁ、そういった未来の心配もあるが……」

そう言ってから十河は全員を見回す。

「織田信長に今川義元を一か月半後の桶狭間で、討たせておくべきだろう。我々の身の安全保障という面から考えても」

石田はテーブルを見ながら「確かに」と呟く。

「我々は尾張にいた以上、今川義元側から見れば敵と見なされるでしょうからね」

「そうだ。変に勘繰られては処罰されるかもしれんし、今川義元は信長のように我々を好意的に受け止めない可能性もある」

そんな十河の考えに磯崎は賛成する。

「そちらの可能性の方が高いでしょう。信長は戦国でも稀有《けう》な人物です。他に我々を理解出来る者がいるとは思えませんな」

「では、当面の方針は決まったな」

十河はテーブルに座る七名の顔を一人ずつ見てから言い放つ。

「我々国鉄は、織田信長が桶狭間で勝利するのに協力するしかない」

十河の部下である保線区の五人は覚悟を決めたが、運転区で戦いを避けたいと考えていた長崎の顔が一瞬で青くなる。

「いっ、戦に協力するってことですか⁉」

高木は不安そうな長崎に微笑みかける。

「さっき磯崎も言っていたが、俺達が加わったくらいでは、桶狭間の戦局を大きく変えることは出来ない」

「そっ、そうですよね……だったらどうやって？」

「それについては、なにか考えがあるんだろう？　十河検査長」

全員の視線が十河に集まる。

右腕と呼ばれる高木でさえ判断を委ねたのは、今までの組合活動も十河がリーダーシップをとって方針を決めてきたからだ。

「信長に桶狭間で勝たせる……か」

静かに腕を組んだ十河は全員の注目を浴びる中、少しだけ目を閉じて考える。

一番簡単な方法は、単純に十河らが桶狭間の戦いに加勢することだ。

そうすれば、小平太と新介も自然に戦に加わることになり、史実通りの展開に戻って今川義元の首が獲れるだろう。

だが、そうした場合には、戦などしたことのない国鉄職員から、負傷者や死者が出ることになるだろう。いや、その前に戦いで役に立つかどうかも分からない。

国鉄職員らが戦国時代の行軍なぞにはついて行けず、小平太らの桶狭間到着を遅らせてしまったら、正に本末転倒になる。

それに……そのやり方には、十河は引っ掛かっていることがあった。

国鉄職員が戦に加わったところで（信長は我々を『役に立つ』とは思わないだろう）と十河は思い、もっと、戦局に大きく影響するようにしなくては、今後の支援は望めないと考えていた。

そこで「どうすれば信長の役に立つか？」と考えてきたが、いくら考えてみようとも、十河の頭に思い浮かぶのは（たとえここが戦国の世だとしても、我々は国鉄マンだ）という考え方だけだった。

覚悟を決めた十河は、すっと目を開く。

部屋にいた全員が前のめりになって、十河から発せられる言葉に期待していた。

一拍置いた十河は、真剣な顔で静かに言った。


「この戦国の世で『国鉄』を作り直さないか？」


その言葉に保線区のほとんどの者が驚いた。しかし徐々に胸に熱いものが広がっていくのを感じる。ほんの十数時間前、自分達が愛していた「国鉄がなくなる」という非情な事態に直面していたが、それを十河が覆そうというのだ。

それがどういう方法なのかは、誰にも分からなかった。

だが、このままここで奇跡を待っているよりも、元の時代へ戻って新会社への入社を模索するよりも、清算事業団で不動産屋をやるよりも……。

ここにいた生粋の国鉄職員らは、国鉄を続けたかったのだ。

「それを手伝わせてもらおう、十河検査長」

興奮気味に高木が立ち上がると、遅れないように石田も続いて立つ。

「十河検査長、やらせてください！」

「元の世界に戻ったって、もう国鉄はないんじゃからな」

フッと笑いながら磯崎は、ゆっくりと椅子《いす》を引く。

「おうっ、なんだっていいぜ。もう一度線路が敷けるならよっ」

勢いよく立ち上がった藤井は、左の手のひらに右の拳《こぶし》を打ち込んで微笑む。

その横で仁杉も黙ったまま立ち上がり、そっと会釈した。

長崎と杉浦は顔を見合わせて迷っていたが、最初に車掌の杉浦の方が立ち上がる。

「歴史を変えちゃおうってことですね。その方がアニメみたいで楽しそうなんで」

眼鏡に右手をあてながら、運転士の長崎は大きなため息をつく。

「人を殺さなくてもいいんですよね？　十河検査長」

十河は体を揺らしながら、ゆっくりと立ち上がって微笑みかける。

「国鉄は人を殺す場所じゃない。生かすところだ」

長崎は十河の言葉を信じ、しっかりと頷いてから最後に立ち上がった。

「分かりました。では、私もその新たな国鉄に入れてください」

顔を見合わせた全員が、はにかみながら笑った。

高木が代表して十河に聞く。

「それで、実際にどうやって国鉄を？　十河検査長」

十河はホワイトボードに向かって歩き出す。

「具体的にはみんなと話しながら決めていこうと思っているが、私がまずやろうとしているのは……」

十河は赤ペンでホワイトボードに、力強く書き殴る。

そこに書かれた文字に全員が驚き、声を合わせて読んだ。

『國鉄　真桶狭間線の建設⁉』

分割民営化されたのは『国鉄』だったが、十河は古い漢字で『國鉄』と書いていた。

「そうだ。真桶狭間線を建設して、國鉄が信長の勝利に大きく貢献する！」

自信を持った顔で、十河は胸を張った。

それぞれの胸には熱いものが漲《みなぎ》りだし、これからの未来に期待し始めた。

四章　真桶狭間線

タイムスリップした日から二日後の、永禄《えいろく》三年四月三日。

十河《そごう》は磯崎を後ろに乗せて、排気量49ccのスーパーカブで熱田《あつた》から金山《かなやま》、那古野《なごや》、枇杷島《びわじま》を経由して清洲《きよす》へ続く美濃《みの》街道を走っていた。

スーパーカブの前には、道案内をしてくれている小平太《こへいた》の跨《また》る馬が駆けている。

ちなみに美濃街道自体は清洲を抜けて続き、美濃の洲俣《すのまた》、大垣《おおがき》を経由して、垂井《たるい》で中山道《なかせんどう》と合流していると、十河は小平太から聞いた。

現代ならこの排気量のバイクの二人乗りは違反だが、そんな法律はこの世界にない。

詰所の横にあった通勤者用の自転車置き場には、自転車や原付が十数台残っていた。

その中に磯崎の通勤用スーパーカブがあったので使用することにしたのだ。

他の原付についても「動かせるようにしたい」と十河は考えたが、こうした機械の整備は整備区の二人が専門であり、依頼はしたが素っ気なく断られた。

二人の乗ったスーパーカブはタタタッという軽い音をたてて、ショックアブソーバーをギシギシ鳴らしながら軽快に走っていく。

街道から見えるのは田んぼだけで、その向こうに雑木林がどこまでも広がっている。

やはり開拓や治水の技術が低い上に人口が少ないらしく、多くの土地はまだ田畑にすることが出来ないようだった。

後ろに乗っていた磯崎が、運転している十河に聞く。

「整備区の下山と加賀山にも『國鉄』の件は話したんですか？　十河検査長」

「あぁ、だが聞く耳を持たなかったよ」

「ったく、あいつら。いつまで根に持つ気だ。国鉄の分割民営化は十河検査長のせいではないだろうに」

「下山の気持ちも分からなくはない」

「……十河検査長」

「それに、ここでは皆自由なのだから」

既に国鉄はなく下山の上官でもない十河は、無理強いする気はなかった。

だが、磯崎はそんな下山達のことを快く思っていないようだった。

「あいつらどうする気じゃ？　整備士が戦国時代でやれることなんてないだろうに」

整備区の二人の話を、部下の石田から聞いていた十河はフッと笑う。

「熱田には、濁酒《どぶろく》だが酒が飲めて飯を食わせてくれる店があるらしい」

磯崎は小さなため息をついてから、首をわずかに左右に振る。

「やりたいことが『酒浸り』とは情けない。しかし、金はどうしておるんです？」

「石田から聞いた話じゃ、自分達のロッカーに入っていた菓子や服なんかを交渉で買い取ってもらって、それで銭を作っているらしい」

「そんなところにだけは、頭が回るわけですな、あいつらは」

「まぁ、戦国時代で生きているんだから、彼らもしたたかなものさ」

今日の十河と磯崎は、作業服とヘルメットではなく、ロッカーにあったダブルブレザータイプの国鉄制服を着ていた。保線区の者が制服に手を通すのは、本社へ行く時くらいのものなので、二人とも上下揃《そろ》って卸《おろ》したてのような黒に近いグレーだった。

幅六メートル半ほどの街道にあるいくつかの宿場町を通過し、あと少しで清洲城というところで磯崎がぼやく。

「バイクで来てしまって、本当によかったのですかね？」

「馬に乗れるのか？　磯崎」

磯崎はすぐに首を横に振って笑う。

「戦国時代の日本の馬は『気性が荒く下手な乗り手など振り落とす』と、なにかの文献でも読んだことがありますからな」

「ほぉ、そうなのか」

「ですが……『乱暴で荒々しい馬ほど、良い馬』という口伝があり、人に慣れない暴れ馬の『じゃじゃ馬』を乗りこなす者が、戦国ではよいとされたそうですな」

「乗りこなせるわけもないだろう、そんな馬を国鉄職員が」

十河は手を後ろから前へと振って続ける。

「だが、熱田から清洲までは約十五キロ。これを歩けば三時間はかかる」

「仕方がないのは分かりますが、どうもすれ違う者にひどく見られているようで……」

「それは仕方あるまい」

十河はこちらを見ながら唖然《あぜん》としている行商の男を見ながら笑った。

磯崎が気にした通り、出会う者出会う者が目を点にして驚いた。

尾張《おわり》は京に比べれば比較的人の少ない地域で、街道をそれほど多くの人が歩いているわけではないが、移動手段といえば馬しかない世界で、スーパーカブは奇異なものと映ったようだった。

「首のない馬に跨っておる⁉」

そんな声が、横を通り過ぎるたびに背中に聞こえてきた。

戦国で暮らし始めたことで、十河らは改めて自分達のいた世界が「騒音にまみれていた」ということを実感した。

現代にいた時は、常に列車や自動車、工場の機械音などが響いていた名古屋工場も、今は昼も夜も虫の音くらいしか聞こえなかった。

そんな戦国時代の世は静かで、こうした原付のエンジン音だけでも、宿場町を通過した時には目立った。

「しかし、戦国の街道の道幅が、こうも広いとは思わなかったな」

時代劇に出てくる田舎道を想像していた十河は、立派な道に驚いていた。

熱田と清洲を繋《つな》ぐ尾張の真ん中を貫く動脈といっていい美濃街道は、幅約六メートル半あり、両端には約一メートルの土手が続き、水捌《みずは》けを考慮して両脇《わき》に側溝まで掘られていたのだ。

「こんないい道路があるのは、信長の支配する尾張だけでしょうな」

「道路網を整備したのか？　信長は」

「ええ、本街道なら三間二尺《さんげんにしやく》、脇街道は二間二尺《にけんにしやく》、在所道は一間《いっけん》と定め、新たに支配することになった土地にはまず道路整備をしていたと文献にありました」

「では、物流の大事さを知っている……ということか、信長は」

「戦国大名の中で、それを最も理解出来る武将でしょうな」

磯崎の話を聞きながら、十河は（ならば可能性はある）と思った。

十河は時速二十キロ前後を示すスピードメーターを見つめる。

「しかし、思ったよりも遅いな、馬というものは」

道案内を小平太にしてもらう都合上、前を走ってもらっているのだが、その速度は時速二十キロといったところで、原付からいえば倒れそうな速度だ。

「十河検査長は時代劇などを見て、たぶん勘違いしておられるんですよ」

「勘違い？」

「時代劇で出てくる馬は、背の高いスラリとした馬が多いと思いますが、ああいった馬は、明治以降に輸入されたものですからな」

十河は前を走る小平太の乗る馬を見つめる。

「つまり、小平太達の乗っている馬が、日本原産の『在来種』ということか？」

磯崎は十河の背中から上半身を出して、小平太の馬を目で追う。地面から背中までの体高は、百二十センチといったところだった。

「たぶん、あの小さな感じは『木曽駒《きそこま》』でしょうな」

競馬などで有名なサラブレッドなら体高は百六十センチほどあり、体重も木曽馬の三百五十キロから四百二十キロに対して四百五十キロから五百キロくらいの重さがある。

「まるでポニーだな」

小さな馬が少し滑稽《こっけい》に見えた。

「現代では体高百四十七センチ以下の馬は、全《すべ》てポニーですからな。戦国武将は『ポニーに乗って戦っていた』というのも、あながち間違いでもありませんな」

「もし、がたいのいい藤井や、背の高い高木が乗れば、足がついてしまいそうだな」

「そうですな。確かにそんな文献もあったと思います」

ゆっくりとしたスピードで追いかけていた十河は、少し心配になって磯崎に聞く。

「普段、平服の者が乗って時速二十キロ程度では、戦いの時はどうなる？」

磯崎は「そうですね」と、考えてから話し出す。

「サラブレッドなら最高で時速六十キロ以上出ますが、木曽駒は最速でも時速四十キロ。甲冑《かっちゅう》をつけた武者が乗れば、時速十キロ程度だったと聞いたことがありますな」

「時速十キロ。ならば歩いた方が速いな」

「当時は速く走ることよりも、武器や鎧《よろい》をつけて百キロ近くになった武者を乗せて数十キロを走破し、野草のみという粗末な飼料に耐え、あまり骨折もしないという丈夫さが名馬の条件だったようです」

そのために小平太の乗る馬は頭が大きく、首つきは短くて扇形であり、胴回りは丸々としていて太く全体的に長い。

そんな胴体を支える足は、太くて短く、がっちりした雰囲気だった。

いくら体高が低いとはいっても、一昨日《おととい》も十河らが体験したように騎馬突撃を受けたらその迫力は凄《すさ》まじいものがあり、歩兵なら大きなダメージを受けるだろう。

「蹄鉄《ていてつ》が日本で普及するのは幕末以降ですが、日本の在来馬は蹄《ひづめ》が堅いので蹄鉄を履かないのが特徴の一つです」

確かに小平太の馬の足裏にも、U字型のプレートは見えなかった。

「やはり……この時代の社会全体の移動速度が、かなり遅いということだな」

十河は鉄道を扱ってきた者として、そういった部分に付け込む隙《すき》があると考え、國鉄を作ろうと思いついたのだ。

戦国時代では戦の時でも、時速十キロ程度でしか移動することが出来ない。

そして、馬しか存在しない物流は、根本的に遅いと考えられた。

鉄道とは極端なことを言えば「物流を加速させる産業」である。

今までは時間的に不可能だった場所へ、鉄道を使って迅速に人と物を送り込む手数料が「運賃」と呼ばれているものなのだ。

「そろそろ清洲のようですな」

小平太に続いて角を曲がると、高い土塁と堀に囲まれた町が見えた。

京都にある時代劇のテーマパークのような町を想像していたが、清洲は意外にも中世ヨーロッパにあるような板塀に囲まれた要塞《ようさい》都市だった。

街道が続く町の入口には弓兵の配置された屋根付き櫓《やぐら》の載った重厚な門があり、門番が長い朱色の槍《やり》を持って警備している。

小平太は「御屋形《おやかた》様の客人でござる」と門番に言いながら駆け抜け、十河らはなんとなく額に右手をあてて敬礼しながら、その後ろに続いた。

門番も初めて「首のない馬」を見て、幽霊を見たように怯《おび》えた顔をした。

板塀に囲まれた町中には、街道を中心として両側に多くの木造家屋の並ぶ街並みがあり、通りに面した家屋の多くが商売を営んでいるようだった。

周囲の村々から野菜や魚などの食べ物が持ち込まれて、それを買いにきた町の者達の間で取引がされており、清洲の町は今まで見た中で一番人が多く賑《にぎ》やかだった。

家の造りは時代劇のテーマパークのようだが、生活感がまったく違っていた。

「大きな町だな」

「これが清洲宿のようですな。文献では読んだことがありましたが、本当にこれほどの大きな町だったとは……。歴史学者も知らぬことですな」

磯崎は嬉《うれ》しそうに左右の人々が出入りしている店を見た。

「清洲の町中には、川が通っているのだな」

「確か……五条川《ごじょうがわ》ですな。川は飲み水にも、防御施設にもなりますから」

無論、清洲の町の者達もタタタッと音をたてながら走るスーパーカブに驚愕《きょうがく》し、見た者は全て手を止めて目を見開いた。

「この様子だと、清洲の町全体で、五万人くらいはいそうですな」

「そうかもしれんな。これだけの人を見かけるのなら」

熱田が田舎だったこともあり、十河はいくら尾張の中心地とはいえ大した規模ではないと考えていた。だが、清洲の中央には車なら二車線分くらいの立派な目抜き通りが貫かれ、人々によって踏み固められた小道が縦横に走っており、全ての道が商店街のように賑わっていた。

「やはりタイムスリップしたのだな。我々だけが……」

こうした町を見ると、少し残っていた希望は完全に打ち砕かれた。

「熱田に我々だけがタイムスリップしたようですな。これだけの人達がパニックにもならずに、こうして生活しておるわけですから」

十分ほどで町中を通り過ぎると、堀を渡るアーチになった木橋を越える。

その先には立派な土塀に囲まれた大きな建物が見えてきた。

「おぉ、あれが清洲城ですな」

想像とは違っていて、十河は目を細める。

「天守閣がないな……」

土塀は立派なものだったが、高さのあるものは正面の門の上に見えた櫓ぐらいのもので、城というより砦《とりで》といったような雰囲気だった。

「この時代の城には天守閣はありませんからな」

「立派な天守閣があるものだろう。戦国時代の城といえば」

正面に回り込んだ十河らは、更に幅十メートルほどの堀を長い木橋で渡る。

下を見ると堀の水面まで、五メートル以上はありそうだった。

橋の向こうには両開きの門があり、上には弓兵のいる幅の広い櫓があった。

小平太の合図で門がゆっくりと、内側へ向いて開いていく。

「最初に『天守閣』を築いたのは、織田信長の安土《あづち》城ですから。それまでの城は全てこんな感じの砦……つまり要塞といった感じですな」

門を潜《くぐ》りながら磯崎は、口を大きく開いて見上げて続ける。

「もちろん……わしも見るのは初めてですが……」

城の中には平服の小袖《こそで》を着る武士らが数十人いて、エンジン音を響かせながらスーパーカブで入って来た十河らを遠巻きにしつつマジマジと見つめていた。

清洲城内へ入ってきた瞬間から、城全体がザワつきだしたような感じがする。

やはりここでも「馬に首がないぞ⁉」という声が、多く聞こえた。

小平太が馬を降りた近くで、十河もバイクを降りてスタンドを出して停《と》める。

すぐに荷台から下車した磯崎は、A4サイズの黒いバッグを右手に持っていた。

スーパーカブが物珍しくて、周囲から人が一気に集まって来そうになる。

「十河殿の馬に、誰《だれ》も触れさせぬように」

近くにいた少年のような者に小平太が指示すると、すぐに「はっ」と返事して、スーパーカブの前に壁になるようにして両手を広げて守ってくれた。

「誰も首のない馬に触れてはならんぞ」

清洲城の中は白い壁の広い和風建築といった板葺《いたぶ》きの建物があり、重なるように連なった大小の屋根がいくつも見え、それぞれの建物は屋根付きの廊下で結ばれている。

正面からはよく見えないが、左には池を有する大きな庭園もあるようだった。

「十河殿、こちらでござる」

小平太に案内されて十河と磯崎は、お寺にあるような幅の広い階段の前へ通されて、そこから屋敷に上がるように指示される。

「本当に板葺きだったんですな～」

実物が見られて気分の上がる磯崎は、瓦《かわら》の載っていない屋根をあおいで靴を脱いだ。

小平太に従っていくと、館《やかた》の一番奥の部屋へと連れていかれる。

一番後ろを歩きながら、興味津々な磯崎は周囲を見回していた。

「我々は注目の的ですなぁ、十河検査長」

廊下から見えている障子《しょうじ》は全て閉まっているように見えるが、どこも少しだけ端が開いており、部屋の中からこちらを見ている視線を感じた。

宣教師など外国人が尾張を訪れていたことがあっただろうから、十河らのことも「新たな南蛮人」として、物珍しさで見ているような気がした。

「危ない感じはしないがね」

十河らを覗《のぞ》いているのは男だけでなく、淡い色の小袖の女達もいるようだった。

「いいですなぁ。十河検査長は独身で、まだ若いうちに戦国へ来られて……」

十河の体を見ながら、磯崎は不満そうにそんなことを言い出した。

「どういう意味かな？　磯崎」

磯崎は周囲を見回す。

「戦国の女と恋が出来るわけですから。きっと、モテますよ、十河検査長なら」

微笑《ほほえ》んだ十河は、磯崎に小声で言う。

「なにを言う。磯崎だって恋も出来るだろう、今は独身なのだから」

磯崎には妻がいたが、三年ほど前に癌《がん》で亡くなっていたのだ。

小さく笑いながら、磯崎は手を振る。

「いやいや、独身と言いましても、もうわしは六十間近ですからな。『人生五十年』と呼ばれた戦国時代なら、とっくに隠居の身ですよ」

「磯崎も悔いがないようにな。私達は全員戦国の世に生まれ変わったのだから」

十河が歩きながら言うと、磯崎は遠くを見るような目をして微笑む。

「そうですな。では、わしももう一花咲かせてみますかな」

「それは好きにするといい。私も好きにやろうと思っているのだから」

顔を見合わせた二人は微笑み合った。

小平太は障子が開け放たれた、誰もいない広い部屋に入った。

そこは日当たりのいい十畳くらいの板張りの広間で、奥の一段高くなった場所にだけ正方形の薄い畳が、マットのように敷かれていた。

部屋の奥へ歩いた小平太は、中央の床を指差す。

「お主らは、そこでお待ちくだされ」

「案内すまんな、小平太」

礼を言ったのは、信長《のぶなが》の謁見《えつけん》を十河が頼んだからだ。

昨日打診した時に、一昨日のこともあって「御屋形様はあまり乗り気ではなさそうじゃ」とは聞いていたが、十河が國鉄を作るにはどうしても信長の協力が必要だった。

だから、小平太に無理を言って、この時間にアポをとってもらったのだ。

小平太に会釈した十河が、正座しようとすると後ろに座った磯崎が止める。

「十河検査長、胡坐《あぐら》で構いません」

「失礼になるのではないのか？」

磯崎は首を横に振る。

「この時代で正座をするのは、神や仏を拝む時ぐらいですよ。普段は武士でも女性でも胡坐か立膝《たてひざ》で座っておったそうですから」

「では、そうさせてもらおうか」

部屋の真ん中に胡坐をかいて座ると、磯崎はその後ろに同じ恰好《かっこう》で控える。

小平太の方は脇へ下がって体を横向きにした。

信長にアポをとったといっても、戦国時代に正確な時を知る方法もなければ、時間通りに相手の家に着くことも難しい。

だから、清洲城に着いてから、誰かが信長に知らせるのだ。

しばらくして、十河は腕時計を確認する。

「ここへきて既に十五分……」

十河らは虫の声を聞きながら、ひたすら待ち続けた。

既に十河達に対する興味がなくなってしまっているのか、それとも別な用件で手が離せなくなっているかは分からなかったが、一向に姿を見せようとしない。

「信長殿はどうされた？」

板挟みとなった小平太は、苦しそうな顔をする。

「申し訳ござらぬ。もう少しだけ待たれよ」

十河は（やはり鉄道なぞ相手にする気がないか……）と思いギリリと奥歯を噛《か》む。

今さらながら、ウソだとしても機関車を「これは兵器です」とでも紹介しておけばよかったのかと、十河は少し後悔していた。

きっと、新兵器と聞けば、今川《いまがわ》の襲来が迫っている信長なら飛びついただろう。

それから更に十分ほど経《た》ったら、磯崎の方が痺《しび》れを切らした。

「十河検査長、これは『今日は会わぬ』ということでは？」

その意見には十河も同意見だった。

「私もそう考えていたところだ」

焦った小平太は、手を広げて押しとどめる。

「あっ、いや！　しばし待たれよっ」

鋭い目つきで、十河は小平太を睨《にら》む。

「我々には会わないつもりではないか？　これではいくら待っても」

「いや……そのようなことは……」

そう言ったが小平太にも自信はなく、声は小さくなっていった。

顔を見合わせた十河と磯崎が、立ち上がろうとした瞬間だった。

館の奥からドスドスという力強い足音が、十河達のいた部屋に近づいてくる。

そこで、二人は再び元の姿勢に戻って、板間に座り直す。

小平太と磯崎は床に頭をつけたが、十河は奥の襖《ふすま》を睨みつけるようにして待った。

足音が止まった瞬間、ガラリと襖が動く。

すぐに水色の小袖に灰色の袴《はかま》をはいた信長が、不機嫌そうな顔で中へ入って来た。

十河はそんな信長と目を合わせてから、ゆっくりと床へ向けて頭を下げる。

足音が近づいてきて衣服の擦《こす》れる音が響いたところで、十河はおもむろに上半身を起こして、きれいに髷《まげ》の結われた信長の頭を見た。

今回は頼み事をする以上、十河も丁寧な言葉で礼儀を失さないよう話し出す。

「信長殿。本日はお時間を頂き、ありがとうございました」

だが、信長は十河の言葉に被《かぶ》るくらいの勢いで、怒号で返してきた。

「挨拶《あいさつ》は抜きじゃ！　用件はなんじゃ」

十河と磯崎でプレゼンテーションの段取りを考えていたが、それを全て信長は吹き飛ばしそうな勢いだった。

一発で気圧《けお》された十河が黙っていると、信長は矢継ぎ早にしゃべってくる。

「お主らには、もう会う気はなかったのじゃ。じゃが、小平太が『どうしても』と、何度も頭を下げてきよったので、とりあえず顔を立ててやったまで」

少し震えている小平太は頭を下げたままで、微動だにしない。

「話は聞いてやる。手短にせよ」

十河は（やはり……かしこまっても勝ち目はないか）と感じた。

保線現場にいた十河にはビジネスでの取引経験はなかったが、国鉄上層部や他の労働組合幹部との間で、侃々諤々《かんかんがくがく》の交渉をしてきた経験があった。

特に過激な労働組合との駆け引きには、命の危険を覚悟したことさえある。

そんな経験から十河は（下に見ている者の話に、信長は耳を貸さない。対等の立場だと思わせた上で、國鉄に興味を持たせないと……）と、その時痛感した。

そこで自分も一国一城の主《あるじ》である國鉄の代表として振るまうことに決めた十河は、鎌首《かまくび》を持ち上げるように背筋を伸ばして信長を睨みつける。

「では、単刀直入に言うとしよう」

強い口調となった十河に、信長はなぜか薄《う》っすらと笑みを浮かべる。

「ほぅ、なんじゃ、十河。早く申せ」

睨み返す信長に、十河は力強く言い放つ。

「我々『國鉄』が力を貸してやろう。信長が今川義元《よしもと》を討てるようになっ」

人に対等と思わせるキッカケは呼び方なのだと、十河は考えた。いつまでも「信長殿」と呼んでいては、十河のことを商人の一人程度にしか考えないと思ったのだ。

無論、その十河の意思は伝わり、信長は奥歯を噛み「ほぉ」と不敵に笑う。

「このわしが今川義元に『勝てるようにしてやる』とお主は言うのか？　十河」

「そうだ、信長」

十河が敬称もつけずに呼び出したことに、後ろにいた磯崎は驚き震えていた。

「そっ、十河検査長……どっ、どうするおつもりですか⁉」

磯崎はここで信長の機嫌を損ねてしまっては、斬《き》られるかもしれないと思っていた。

十河は少しだけ後ろへ頭を回す。

「ここは任せてもらおう」

竜虎相搏《りゅうこあいう》つような状況に、羊のような磯崎の入り込む余地はなかった。

磯崎は額から溢《あふ》れてくる汗をハンカチで拭《ふ》きながら「分かりました」と頭を床につけるようにして控えた。

信長にも負けない不敵な笑みを十河も浮かべ返す。

「今川義元は約一か月半後の旧暦五月中旬に、尾張へ侵攻してくる」

「なっ、なぜそのようなことが、突然来た南蛮の者に分かるのでござるか⁉」

驚いた小平太は思わず顔をあげるが、信長は「ほぉ」と冷静なものだった。

「それくらいのこと、草に関《かか》わるものなら知っておろう。十河はその手の者か？」

草とは諜報《ちょうほう》活動をする者で、将来は忍者と呼ばれる者達のことだ。

「最後まで話を聞け」

十河に制された信長は、あからさまに不機嫌そうな顔になった。

磯崎からしてみたら、十河は信長を怒らせようとしているようにしか見えない。

十河が後ろへ手を伸ばしたので、磯崎がＡ４のビジネスバッグをすぐに手渡す。

受け取った十河はバッグの中から、四つに折りたたんだ紙を取り出して、それを信長と自分の間に広げて置いた。

Ａ４のコピー用紙四枚をセロハンテープで繋いだ紙には、黒マジックを使って尾張の地図が正確に描かれている。これは工事用の地図から写し、海岸線については磯崎の知っている範囲で修正を加えた物だった。

驚いた小平太は膝をついて素早く近づき、地図を覗き込む。

「どのようにして、このような鷹《たか》の目で見たような正確な地図を⁉　尾張にもこのような物は一つもございませんぞ」

小平太が驚愕《きょうがく》したポイントは、もう一つあった。

「そして……なんと真っ白な紙であろう」

信長は驚きの声まではあげなかったが、さすがに十河の出した正確な地図には動揺し、畳から身を乗りだすようにして上半身を前へ伸ばす。

そんな二人を見ながら（これならば、こっちの話を聞かせる余地がある）と確信した。

十河は胸ポケットから取り出した伸縮式の指示棒を両手で素早く引き伸ばし、そのオレンジの先端で地図を指しながら説明する。

「今川義元の狙《ねら》いはズバリ尾張の占拠だ。そのため国境である知多《ちた》半島の根元の『大高《おおだか》城』『鳴海《なるみ》城』の近くが戦場になるはずだ」

「今まで今川とは幾度も、その地で戦をしてきたからの」

信長は「そのくらい当然だ」といった顔で頷《うなず》く。

「今回は二万五千といったところだろう。今川義元の軍勢は」

「であろうな」

「織田の動員可能兵力は、総数五千といったところではないか？」

こうした情報は全て事前に磯崎から得ていたものだ。

かなり正確な数字を十河に言い当てられた信長は、口を真一文字に結び黙る。

「五倍以上の兵力差がある場合、兵力の少ない方は『籠城《ろうじよう》』するしかない。野戦ではとてもではないが勝ち目がないだろうからな」

すっかり黙りこくってしまった信長の目を、十河はしっかりと見つめる。

「だが、我々國鉄が手を貸せば、野戦で今川に勝利することが出来る」

信長はあからさまには驚かないが、十河の話を真剣に聞き始めた。

「相手は東海一の弓取り、今川義元ぞ。どうやって野戦で勝つ？」

右の口角を上げた十河は、指示棒の先端を知多半島の根元に勢いよく叩《たた》きつける。

「桶狭間《おけはざま》で今川義元本隊を奇襲する！」

小平太は驚き、後ろへ跳ね飛ぶようにのけ反る。

「なんと⁉　桶狭間で本隊への奇襲攻撃でござるか！」

後ろに手をついた小平太に向かって十河は静かに頷く。

そして、指示棒を動かしながら、織田軍の動きを説明し始めた。

「今川本隊は後詰《ごづ》めとして、軍勢の最後に位置しているだろう。そこへ向かって一気に進撃し、今川義元の首を獲《と》ったら包囲される前に離脱する」

そこまで聞いた信長は眼《め》を上げ、フハハハと思いきり笑い出す。

「どんな秘策かと思うたが、なんじゃそんなことか」

こういう信長の反応は想定内だったので、十河は動じることもなく相変わらずの不敵な笑みを浮かべながら堂々とした態度で見つめていた。

むっとした信長は、十河の意見を否定するように右腕を横一線に振り抜く。

「今川義元の本隊を直接狙えるなら、わしもそうしておるわ！」

とりなすように小平太が、焦った感じで横から口を挟む。

「十河殿。今川義元は馬鹿ではございません。本隊が奇襲を受けぬよう、警戒を怠らないようにしております。我らが進んだ分、同じ距離を後退するに決まっておる」

十河はゆっくりと指示棒の先を熱田に移動させる。

「もし、熱田から……」

そのまま先端を知多半島の桶狭間付近まで移動させて続ける。

「四《し》半刻《はんとき》（約三十分）ほどの時間で、桶狭間まで行けるとしたらどうか？」

そこで初めて信長は驚き、保っていた威厳も崩れた。

「四半刻じゃと⁉」

あまりにも荒唐無稽《こうとうむけい》な話に、小平太は必死で言い募る。

「その時間では馬で飛ばしたとしても、たどり着けぬ。ましてや、戦となれば兵は武具を持ち、鎧を着込んでおり、馬の速度は徒歩と変わらぬのじゃ。ゆうに一刻（約二時間）から二刻（約四時間）はかかるでござる」

十河は真剣な顔で頷く。

「それが……完全武装の兵を四半刻で運べるのだ。あの國鉄の鉄の牛を使えばな……」

そんな話をまったく信じられなかった小平太は、両手を必死に左右に振る。

「十河殿、それは正気の沙汰《さた》ではござらぬ。そんないい加減なことを申して、御屋形様のお怒りをかっては――」

そこまで言った時、雷鳴のような信長の言葉が部屋に響く。

「面白いではないか、十河！」

三人が顔を上げると、信長は機嫌よく笑っていた。

十河も負けずに微笑み返す。

「理解してくれると思っていた。信長ならばな」

十河のアイデアに興味が出てきた信長は、右手を前後に振って近くへ呼ぶ。

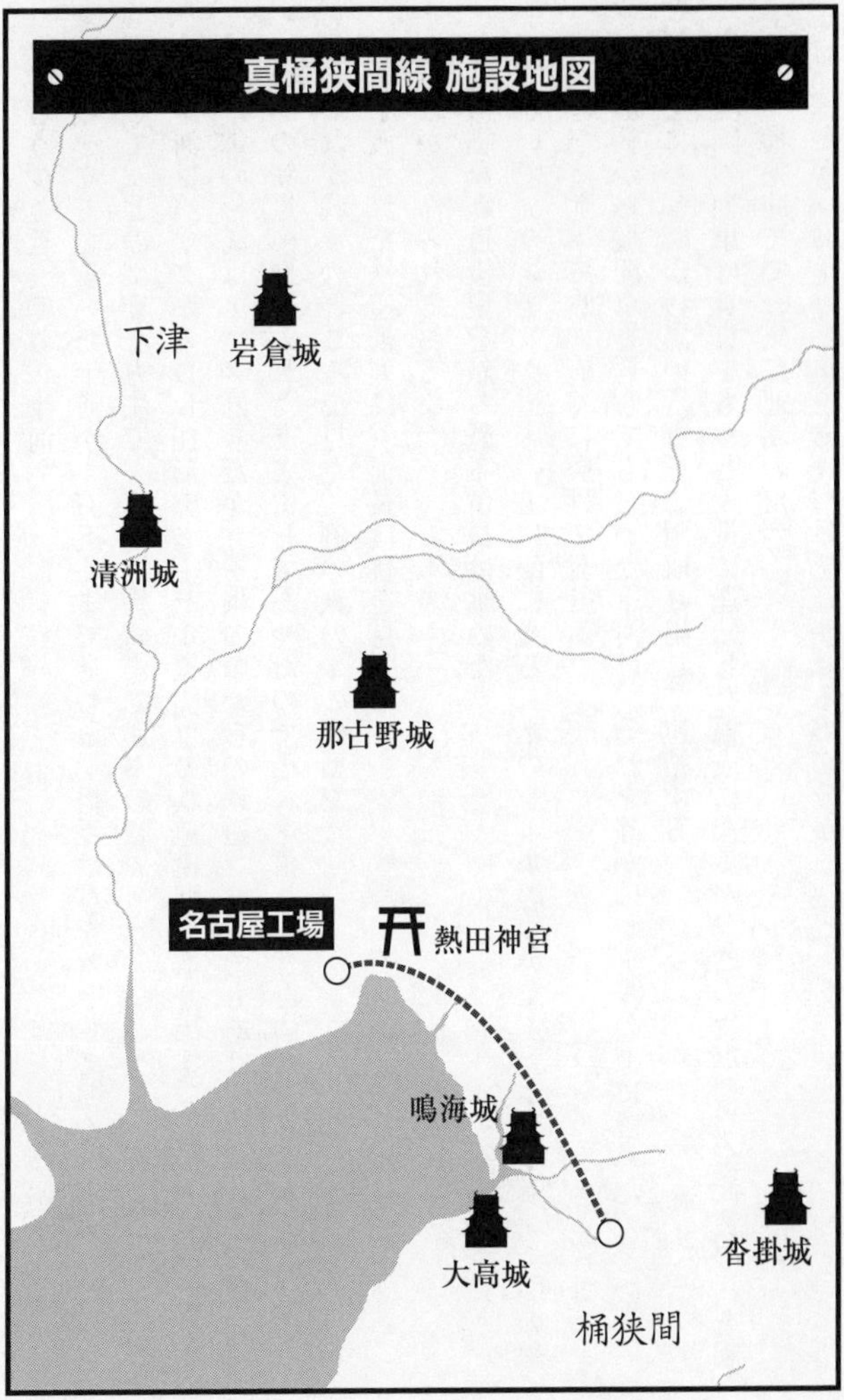
真桶狭間線 施設地図
下津
岩倉城
清洲城
那古野城
名古屋工場
熱田神宮
鳴海城
大高城
沓掛城
桶狭間

「もう少し近《ちこ》う寄れ、十河」

膝を立てて歩いた十河がすぐ近くまで進むと、信長は声を落として聞く。

「して、どのような方法で、兵を桶狭間まで運ぶのじゃ？」

十河はバッグからDD16形ディーゼル機関車の鉄道模型を取り出す。

車掌の杉浦はアニメ好きだが、子供の頃《ころ》からの鉄道ファンでもあり、ロッカーにはいくつかの鉄道模型を入れたままにしてあったのでそれを借りてきたのだ。

「これが我々のところで見た、例の鉄の牛の模型だ」

手渡された鉄道模型に、信長は目を見張る。

「細かく作られておるな」

繊細な鉄道模型を恐る恐る信長は眺めた。

続いてプラスチック道床の上に銀に光る二本のレールのついた、一本三十センチ弱の線路を三本並べて真《ま》っ直《す》ぐに繋《つな》げて見せる。

信長から機関車を返してもらった十河は、それを静かにレールの上に置いた。

更にバッグから黒い貨車を二両取り出して連結する。

「実際の列車は貨車をもっと大量に連結した編成になるが、この貨車に完全武装の兵を乗せ、桶狭間まで一気に運ぶのだ」

信長が「おぉ」と声をあげ、目を輝かせるのが分かる。

「鉄の牛はこういった使い方が出来る代物であったか！」

「馬よりも速く、十数両の貨車を牽《ひ》ける。あの鉄の牛一台でな」

「そのように力強いものであるか……」

ディーゼル機関車を持って、連結された列車を行き来させながら小平太を呼ぶ。

「小平太、そちもよく見てみよ」

膝を使って信長の前にやってきた小平太は、床に顔をつけるようにして見る。

「なるほど、コロのある箱に兵を乗せるのでござるな」

「そうよ、小平太。これなら戦場に着くまでに、兵が疲れてしまうこともない」

信長は満足そうに頷く。

最初に見た時は困惑したが、やはり信長は柔軟な思考のできる武将であり、普通の者には理解不能な鉄道の利点を直感ですぐに理解した。

模型をあちらこちらから見ていた小平太は、下に敷かれた線路に注目する。

「もしや……これが十河殿の館に、敷かれていた『せんろ〜』でござるか？」

十河は力強く頷く。

「そう、その線路を敷き列車を走らせることが、我々國鉄の仕事だ」

そこで改めて信長に向き直った十河は、両手をついてしっかり頭を下げる。

「どうか信長殿。我々に熱田から桶狭間へ向かって線路を敷く許可を頂きたい」

その時の十河は言葉も改めて、信長に丁寧に頼んだ。

上機嫌の信長が上半身を勢いよく起こす。

「あい分かった。そなたらに鉄の牛の道を作ることを許そう」

顔を上げた十河は、ほっとしてやっと微笑むことが出来た。

「よかったですね、十河検査長」

磯崎も心から喜んだ。

前のめりになった信長は熱田に指を置き、ゆっくりと動かしつつ説明する。

「いいか十河。鉄の牛の道筋は熱田から東海道を進むのでなく、一つ北側を通る上野《うえの》街道を進むのじゃ。そして、敵方の鳴海城を囲んでおる、こちらの『丹下砦《たんげとりで》』と『善照寺砦《ぜんしょうじ》』の後方を抜け、鳴海街道に通ずるようにしておくのじゃぞ」

「その道筋は了解した」

だが、十河にはまだ問題が残っていた。

「今一つ願いがあるのだが」

すっかり機嫌の直った信長は、笑みを浮かべつつ聞く。

「なんなりと申してみ」

十河は模型の下に敷かれた道床を指差す。

「列車を走らせるには、このような『線路』を敷かなくてはならない。我々だけでも作業は行えるが、あと一月《ひとつき》半では間に合わん。そこで——」

しゃべっている途中で、信長は手を挙げて止める。

「それもあい分かった、勢子《せこ》が必要なのじゃな」

すぐに小平太に向かって指示を出す。

「小平太、十河殿のせんろ〜作りに、必要なだけ勢子を手配してやれ。銭はいくらかかってもよい。今川に負けては尾張がないのだからの」

信長にしても鉄道に関する言葉は、少し言いづらそうにしていた。

すくっと立ち上がった信長は、十河を見下ろす。

「十河、他に望みはないか？」

「それだけの支援があれば、必ずや『真桶狭間線』を今川との戦までに完成させる。我々は國鉄職員だからな」

鋭い目つきで十河を見ながら言い渡す。

「しかと約束したぞ、十河。必ずや義元が来る前に完成させよ」

体からオーラのように沸き立つ力に気圧され、十河は思わず部下であるかのように「はっ」と答えてしまった。

そこで外を見た信長は、遠くを見ながら呟《つぶや》く。

「真桶狭間線か……。いい響きじゃのぅ」

そして、また力強く歩き出し、部屋の右奥にあった扉から廊下へ出ていった。

信長がいなくなった瞬間に、小平太と磯崎が思いきり息を吐き出す。

「斬られるかと思ったでござる」

「十河検査長もあまり無茶しないで頂きたい」

二人は胸の上に手を置いて深呼吸していた。

「驚かせてすまない。だが、こう言わないと話を聞いてはもらえないと思ってな」

立ち上がった磯崎は、広げていた地図や鉄道模型をバッグにしまいだす。

「これで許可と人員の手配は出来ましたが、戦国の世で本当に線路が敷けますか？」

十河にもそれは分からなかったが、そんなことは関係なかった。

立ち上がった十河は、来た道を戻るように館を歩き出す。

「やるしかない。我々は國鉄職員なのだから」

「まぁ、そうですな」

頷いた磯崎も腹を括《くく》り、バッグを持って十河の背中を追いかけた。

◇

次の日から真桶狭間線の建設が始まった。

國鉄職員は全部で十名しかおらず、うち整備区の二人は相変わらず参加せず、運転区と車掌区の二人は線路敷設には詳しくはない。

そこで十河以下六名の保線区の者が中心に、線路敷設を行っていくことになった。

朝六時より詰所一階の集会場において、保線区の朝礼が行われた。

全員紺の作業服を着て、頭に国鉄のマークの入ったヘルメットという姿で集まる。

國鉄職員らの胸には、熱く燃えるものが去来していた。

数日前まで「無くなる」と思われていた国鉄が、こうして戦国時代において國鉄として復活し、新線を建設しようとしているのだから……。

この状況に胸を熱くしない國鉄職員など一人もいなかった。

早朝から朝礼が行われたのは、照明のない戦国時代では、日が落ちれば作業が出来なくなってしまうからで、十河らの生活時間もここ数日で朝方にシフトしていた。

朝礼には保線区の全員と共に、運転士の長崎と車掌の杉浦。それから、寝台列車で一緒に寝泊まりし始めた小平太と新介も同席していた。

最初に信長との交渉の経緯《いきさつ》が説明され、昨日の地図を使って真桶狭間線の大まかなルートが十河によって示された。

「なるほど……鉄道輸送による奇襲作戦ということか」

説明を聞いた十河の右腕を務める高木は、納得して頷く。

「でも、どこに敷くんだ。こんな時代に線路用地なんてないんじゃねぇか？」

太い腕を組んだまま聞くマッチョな藤井に、十河が答える。

「街道に敷くしかない」

「いいんです？　道路に線路なんか敷いちまって」

「人と馬だけだからな、この時代に街道を利用しているのは。だから、街道に線路を敷設《ふせつ》しても大して邪魔にはならないだろう」

それを聞いた運転士の長崎は、不安そうな顔をする。

「ですが……目立つ街道に設置してしまっては、物珍しさとか、今川側のスパイによって破壊されるということはありませんか？」

長崎の心配を聞いた歴史に詳しい磯崎は、笑いながら首を左右に振る。

「この時代の道具じゃ、枕木《まくらぎ》に打ちつけられた犬釘《いぬくぎ》を抜くことは出来ないじゃろ。そりゃ～多少変に思うかもしれんが、どうにも出来んさ」

そこで小平太と共に、國鉄の世話係にされた新介が発言する。

「今川と織田との戦が近いことは、近隣の者にも知れ渡っておる。じゃから尾張と三河《みかわ》を繋ぐ街道をこの時期に歩く者など、あまりおらんだろう」

「要するに、この時代の敵対勢力同士の国境《くにざかい》は、我々の時代の国境と同じことなんだから、宗教関係者でもない限り出入り出来んそうだ」

「であれば、線路建設にも好都合ですね」

石田は微笑んで十河を見た。

「そういうことだ。ただ、我々には時間がない」

「熱田から桶狭間まで、だいたい何キロくらいあるんですか？」

「約十キロといったところだ」

その瞬間、小平太が横に座る磯崎に聞く。

「じっ、じっきろとは、いかほどの間合でござるか？」

「えっとだな。だいたい二里半くらいだな」

「かたじけない、磯崎殿」

物腰が柔らかくこの時代に一番詳しいこともあって、小平太や新介は磯崎と話していることが多かった。もちろん、本当の戦国事情を詳しく知りたい磯崎にしても、願ったり叶《かな》ったりで、國鉄職員の中では磯崎が一番二人と馴染《なじ》んでいた。

「十キロの線路敷設工事……。相当な重労働になるぞ」

高木が冷静に分析すると、藤井も頷く。

「だよな。いくら『作業員は補充される』って言ってもよ。そもそも、鉄道なんて知らねぇわけだし、線路なんて作ったこともなきゃ、見たこともねぇんだろ」

「そこはどうするつもりなんだ？」

全員に注目された十河はフッと笑う。

「別に新幹線の道床を作ろうってわけじゃない」

「どういうことですか？」

車掌の杉浦はテーブルの上に置いてあった、自分の鉄道模型を触りながら聞く。

「一往復しか使用しない、真桶狭間線はな」

『たった一往復⁉』

多くの者が声を揃えて聞き返す。

「熱田と桶狭間の間で、人や物の往来が頻繁《ひんぱん》にあるとは思えん」

その十河の読みには、小平太がしっかり頷く。

「確かに……桶狭間は国境の山あいにあるゆえ、住みたる者は少のうござる」

「そういう路線は、走らせるだけ赤字になってしまう」

日本中に赤字路線を作りまくっていた国鉄のことを、全員がイメージして一斉に笑った。

「我々の世界から持ってきた貴重な資材は、もっといい路線で使用した方がいい。だから真桶狭間線は桶狭間の戦い終結後、すぐに廃線にする予定だ」

そこで高木は十河の狙いに気がつく。

「であれば……『枕木にレールを打ちつければいい』ということだ」

「曲線部ではズレないように枕木を半分程度埋めるが、直線区間については枕木とレールの自重で、十分に固定することが出来るだろう」

保線経験の長い者は頷いたが、若い保線区員らは「大丈夫か？」と少し引いた。

「そんな敷設方法で脱線とかしませんか？」

國鉄一番列車を運転することになる運転士の長崎は、不安そうな顔で高木を見た。

「恒久的な安全を考えれば枕木をバラストで埋めておきたい。だが、今回は乗り心地とか関係ないし、高速で走らせるわけでもないのだろう？　十河検査長」

十河は右手の指を四つ立てる。

「時速四十キロも出れば、戦国時代では最速の乗り物になる」

「であればなんとかなるんじゃないか？　どうしても水平がとれない場所や、カーブのキツイ部分だけ、土やバラストを入れて固定することにして」

小平太は「じそくよんじゅうきろ、とは？」と磯崎に聞いたが、磯崎はこの時代の単位では説明が難しく困っていた。

「あとで解体して別路線に使用することを考えれば、そうしておいた方がいいだろう」

「確かに、それはそうだな」

高木が頷いたのを見て、石田が十河に確認する。

「では、基本的に街道に枕木を直接並べて、レールを犬釘で固定する作業を続けていくということになりますね」

「保線区の者は全員監督する立場となって、線路の設置場所の決定、枕木、レールの運搬、位置決めなどを行う。レールを固定する作業は、小平太殿が用意してくれる作業員にお願いして、最後に軌間や固定状況のチェックを我々が行う」

そこで全員が頷くのを見て、十河は立ち上がってヘルメットを脇に抱える。

「では、真桶狭間線の建設に掛かろう」

その瞬間、全員ヘルメットを抱えて立ち上がり一斉に敬礼した。

そして、国鉄の保線区に勤めていた時のように、それぞれの者が「自分はなにをすべきか」を判断して作業場へ散っていく。

こうして、真桶狭間線の建設が開始されたのだった。

最初は詰所近くに大量に保管されていたレールと枕木を使うことにした。

建設作業には軌道モーターカー「TMC－100形」を使用する。

この軌道モーターカーというのはレール上を走る工事車両で、現場に保線員を運んだり、資材を輸送する際に使用していたディーゼル機関車だった。

この機関車に四つの車輪を持つ長物貨車チキ6000形を連結し、枕木はフォークリフトを使用して、レールは軌道モーターカー後部のクレーンで貨車に積み込まれた。

積荷で満載になった貨車を軌道モーターカーで牽き、機関庫からは真っ直ぐに熱田神宮方面へ延びていた線路の先端まで移動させる。

まず後部貨車に積まれている枕木をワイヤーでまとめて吊《つ》って前方へ降ろす。

「一往復しか使用しないなら、国鉄規格の一番低い等級で構わないな？」

近くで監督していた十河に、作業員に実際の指示を出す高木が確認する。

「あぁ、最も低い規格の、二十五メートル辺り、木製枕木二十九本で行こう」

「了解だ」

振り返った高木は全員に向かって叫ぶ。

「一本、木二十九《もくにじゅうきゅう》でいくぞ！」

全員から『へいっ』みたいな返事が一斉に返ってくる。

モーターカーの前に降ろされた枕木を、手分けして運び横に並べていく。

いつもなら枕木も正確に並べるところだが、一往復だけもてばいいだけということで、枕木と枕木の間は普段の作業で培《つちか》った感覚で並べていった。

枕木を横向きに二十九本並べたら、軌道モーターカーのクレーンを使って、後部の貨車から二十五メートルの在来線用レールを吊り上げる。

国鉄のレールの長さは、基本的に二十五メートルと決まっている。

在来線用レールは一メートル辺り四十キロもあるため、二十五メートルだと一本で約一トンの重さになるので、クレーンを使用するしかない。

レールは露天で積み上げていたので、どれも表面は真っ赤に錆《さ》びていた。

クレーンに吊ったままのレールの横に、石田や藤井、仁杉《にすぎ》らが立って微調整しながら、ゆっくりと下ろしていく。

続いてもう一本のレールを平行する位置に慎重に設置する。

次に軌間検査棒で軌道幅をチェックする。問題がなければ、各人がハンマーを使って犬釘を打ち込みレールを枕木に固定していく。

「うらぁぁぁ！」

体力自慢の藤井は活《い》き活《い》きしながら、次から次に犬釘を打ち込んだ。

線路作りとは地道な作業で、基本はこれの繰り返しだ。

こんな戦国時代で、線路敷設作業などという地味な事を始めた元国鉄職員らだったが、全員の士気は旺盛《おうせい》だった。

最高齢にもかかわらず、磯崎も意気揚々と作業に没頭している。

「まさか、国鉄職員として、もう一度線路を敷ける日が来るとは思わなんだ」

その磯崎の気持ちは、全員が感じていることだった。

「国鉄は国鉄でも、今日からは昔の漢字の『國鉄』ですけどね」

入社以来初めての保線作業を行う運転士の長崎も、嬉《うれ》しそうに笑った。

「ほぉ、せんろ～というのは、こうして敷くのでござるな」

小平太は次々と延ばされていくレールに目を見張る。

「あっ、あれはなんでござる⁉」

好奇心旺盛な新介《しんすけ》の方は、見慣れない機械を指差しては周囲の者に名前やどういった機能なのかを聞いていた。

街道に沿って少しずつ軌道モーターカーが進み、その度にレールは前へ延びた。

その作業を見つめながら、高木はクリップボードにメモしていく。

「桶狭間まで十キロと考えれば、二十五メートルレールを平行に約四百本も敷かなくてはならない」

十河はクレーンに吊られるレールを見上げる。

「であれば、一日約十本のレールを敷ければいいということだな。作業日を一か月半の四十五日とれるとするならば……」

「線路敷設が一日二百五十メートルで四十五日連続休みはなしでは……これは労働組合が黙っていないぞ、十河検査長」

お互いに組合員だった高木と十河は、顔を見合わせてフッと笑い合う。

「開通すれば長期休暇がとれるだろう。それも信長が勝利すれば……だがな」

「全ては桶狭間の結果次第ということか」

「そういうことだ。信長が勝たねば、我々もそう長くは生きられんさ」

「この真桶狭間線が、我々の『國鉄』にとって天下分け目の決戦になるな」

「そういうことだ」

今回の作業目標はかなりのハードスケジュールだが、国鉄の分割民営化を阻止するために毎日組合運動に明け暮れていたことを思えば、高木には苦にならなかった。

少なくとも自分達は國鉄マンとして、線路を敷くことが出来るのだから……。

あのまま現代に残っていたら、線路を新たに建設することは絶対になかった。

分割民営化直前の国鉄は慢性的な赤字に陥っており、建前上は「新線建設を凍結する」という方針を打ち出していたのだ。

だが、こうして戦国時代へ来たことで、国鉄職員達は線路建設に再び従事する機会を得ることになった。それは鉄道に関係のない者が聞けば「毎日が重労働になってなにが嬉しいんだ？」と言われるようなことだろう。

だが、こうして始まった真桶狭間線に、十河らは胸を高鳴らせていた。

再び線路を延伸させていける！　それに代わる喜びなど他にはない。

それは國鉄職員全員が感じていることで、現場の士気はとても高かった。

順調にレールが敷設出来たのは、熱田神宮が尾張でも大きな神社のため、周囲の道路は広めに作られていた上、参拝客によって踏み固められていたからだ。

また、明治の線路が主に古来の街道に設置された理由と同じで、こうした初期に作られた大きな街道というものは、あまり高低差がなくカーブも少なかった。

無論、どこまでも真っ直ぐというわけにもいかないので、カーブになればレールも合わせなくてはならない。だが、それはあまり難しいことではなかった。

二十五メートルレールと聞くと、びくともしない真っ直ぐな物と思うかもしれないが、真ん中をクレーンで吊れば端が五十センチくらいすぐにたわむ。

断面を見ると英語の「I」型をしているレールは縦方向には曲がりにくいが、横方向にはかなりフレキシブルに曲がるように作られているのだ。

鉄道でカーブを作る場合、最大でも半径三百メートルの円弧のため、それくらいの柔軟性のあるレールなら十分に対応することが可能だった。

ただ、こうした区間ではカーブの外側に向かって力がかかるため、十河らは枕木の間にバラストを入れたりしてしっかり固定した。

バラストとは簡単に言えば「大粒の砂利」で、枕木だけでは振動を吸収出来ないため、線路下部に五センチ程度クッションとして敷かれる。

そんな作業を続けていると、脇道から男が二十人くらいゾロゾロと出てきた。

十河らのことを、怯《おび》えた目で首を引っ込めながら見上げる。

全員、胸元が大きくはだけた野良着を着て、ハーフパンツのような四幅袴《よのばかま》を穿《は》き、草鞋《わらじ》を履いた両足には脚絆《きゃはん》を巻いている。

どの男の野良着も色が薄くなっており、かなり使い込まれているようだった。

その中で一番年上と思われる四十歳くらいの男が、一歩前に出てくる。

「こっ……小平太様。熱田村の者。佐平《さへい》ほか二十三人、お手伝いに参りました」

小平太は歩み寄りながら、堂々と出迎える。

「おぉ、いつも陣夫《じんぷ》の勤め、済まぬな佐平、そして皆の者」

小平太と佐平らは顔見知りのようだった。

佐平は怯えた目のまま、小平太に聞く。

「そっ、それで、わしらはなにをすれば……」

「それは、拙者にも分からぬ」

胸を張って潔く言い切った小平太は、十河を見ながら続ける。

「十河殿。こなたらがせんろ～作りの勢子として手伝う者どもじゃ。お主の方で必要なところに、好きなようにつこうてやってくだされ」

勢子と呼ばれる者は、この時代の作業員という意味だった。

佐平と一緒に勢子たちが十河に向き直る。

「こっ、こちらが十河様……でございますか」

いきなり見たこともない怪しい格好の者に、自分達が預けられてしまうことに、佐平らの顔からは不安が拭いきれず、怯えたまま『へへぇ』と一斉に頭を下げた。

佐平らの前に立った十河は、笑みを見せる。

「私がこの作業の責任者である十河だ。今回は手を貸して頂き本当に助かる」

ヘルメットをとって、十河はしっかりと頭を下げた。

「いえいえ、滅相もございません」

そういった言葉を武士らがかけることは滅多にないらしく、佐平達はひどく恐縮して十河よりも更に低く頭を下げた。

佐平らが頭を上げるのを待って、十河は建設中の線路を指差す。

「我々國鉄は、現在線路を敷く工事を行っている。目的地は桶狭間だ」

佐平は見たこともない線路を不思議そうに見つめる。

「この鉄のハシゴを桶狭間まで敷くので……ございますか？」

「そうだ。しかも一月半で開通させる」

それには勢子達が、一斉に驚きの声をあげた。

『一月半ですと⁉』

勢子らの動揺を抑えるべく、小平太が笑い飛ばす。

「なにをそのようにひどく驚いておる。これは御屋形様からの直々の命じゃぞ」

「それは分かっておりまするが、まさか、このような大層な鉄のハシゴとは……。しかも桶狭間までは、ゆうに二里半はございますが……」

佐平は完全に呆《あき》れていた、というより無謀と思っていたようだった。

「なぁに、そこは十河殿が、ちゃんと考えておる。のぉ、十河殿」

十河は自信を持って頷きヘルメットを被り直す。

「皆は作業の心配をしなくていい。このヘルメット……いや、兜《かぶと》を被っている者の言うことを聞いていれば、間違いなく一月半で開通出来る」

そこで、胸を張った十河は、勢子らに向かって笑いかけた。


「私を信じろ」


その一言でザワザワとしていた雰囲気が静まり、佐平らは向き直って頭を下げる。

「では、十河様。わしらはなにをすればよろしいんで？」

頷いた十河は、すぐに高木を呼ぶ。

「高木、出来そうな仕事を割り振ってやってくれ。彼らが手伝ってくれるそうだ」

口を真っ直ぐに結んだ高木は、十河にだけ聞こえるような声で囁《ささや》く。

「……大丈夫か？　本当に」

「……國鉄の者だけでは、絶対に間に合わん」

十河が微笑むと、諦《あきら》めた高木はため息をついてヘルメットを被り直す。

「犬釘の打ち込みをやらせるということでいいな？　十河検査長」

「ハンマーなら、かなり本数があっただろう」

「あぁ大量に保管していた倉庫ごと、タイムスリップしているからな」

「では、そういうことで頼む。それから、枕木の運搬を手伝ってもらえれば、かなりの作業時間の短縮になるだろう」

「では、その辺りから、手伝ってもらうとするか」

　十河は佐平を見る。

「細かい指示は、この高木から受けてくれ」

「へい。では、そのように……」

　背中を丸めながら高木へ向かって、歩き出そうとした佐平らに十河は声をかける。

「ケガなどしないようにな」

　そんな十河の言葉を聞いた佐平は、顔をハッとさせてから会釈する。

「十河様、お気遣い頂き、ありがたき幸せにございます」

　藤井が両腕に十本ほどの犬釘打ちハンマーを抱えてきて、佐平らに手渡しながらどうやって使うかを教えていく。

　佐平らの話では、こんな作業はしたことはないが、戦国時代でも杭《くい》を大きな木槌《きづち》を使って打ち込む作業は、橋や用水路の工事で行っているとのことだった。

　そのため飲み込みの早い若い者は、あっという間にハンマーに慣れて、犬釘打ちについては一日でマスターしてしまった。

その理由は、根本的なところで、戦国の者は現代人よりも体力があったことだ。

飯は朝と夕の二回を家で食べるだけにもかかわらず、枕木を五人ほどで担いで軽々と運び、レールに沿って並んで藤井と同じようにハンマーを勢いよく打ち下ろした。

まるで、疲れを知らないかのように、作業に入れば日没まで文句も言わずに、佐平らは働き続けてくれた。

おかげで初日にもかかわらず、百五十メートルの敷設に成功した。

一日の作業が終わって詰所へ戻る時、小平太は満足げに十河に言う。

「明日からは勢子の数も、もっと増えるでござる」

「なぜそう言える？」

「ここでの噂《うわさ》が広まるからじゃ」

小平太はジャラジャラと音の鳴る布袋を見せながらニヤリと微笑んだ。

◇

小平太が言ったことは嘘《うそ》ではなく、次の日から一日当たり五十人程度の勢子が、真桶狭間線の工事に従事するようになり、敷設は急速に進むことになった。

「これだけ破格の日当が出る働き場は、他にねぇからよ～」

あっという間に人数が増え、勢子達が毎日一生懸命に働いた理由はそれだった。

信長が真桶狭間線建設に参加する勢子に出した日当は、二十文。

米一キロが約十文であるから一日働けば米二キロが買える。

小平太の話では銭二十文あれば、宿場で一人一泊二食付きで宿泊出来るとのこと。

この頃の普通の日雇い手当が一日五文から十文だったことから、相場の倍の銭が支払われる現場はすぐに噂になり、尾張の津々浦々から力自慢の勢子らが集まってきた。

おかげで数日後からは、小平太が「働く者を選ぶでござる」と言い出し、力の弱そうな若い者や年老いた者は家に帰し、力強そうな者を揃えられるようになった。

また、信長が領内の街道を、予《あらかじ》め整備していたのが大きかった。

熱田から三河へ向かう上野街道も本街道だったため幅が六メートル半あった。

おかげでレールとレールの間が、千六十七ミリメートルの線路を置いても十分に余裕があり、街道はしっかりと踏み固められていて地盤も悪くなかったのだ。

こうした道路状況と勢子達の作業効率のアップもあって、すぐに目標としていた一日二百五十メートルを敷設するペースを維持出来るようになった。

だが、慣れない戦国での約一月半の工事の中で、大きな問題は二回発生した。

一つは途中で発覚した資材不足だった。

工事開始から一か月ほど経った、とある夜に高木が詰所で十河に告げた。

「十河検査長、困ったことになりそうだ」

「なにか作業に問題か？」

高木は首を左右に振る。

「いや、作業自体は問題ない。どちらかと言えば、勢子の連中の腕が急速に上がってきたことで、進捗《しんちょく》を前倒しに出来そうなくらいだ」

「だったら、なにが問題なんだ、高木」

高木はクリップボードに目を落としてから呟く。

「簡単に言えば……レールが足りない」

十河は驚いて首を少し後ろへ引く。

「レールが足りない？」

高木は頷きクリップボードに書き込まれた数字を見せる。

「枕木の方は小平太の方でも木材を手配してくれるから、この世界でも手に入らないこともない。だが、鋼鉄の塊のレールだけはそうもいかない」

「たたらのような小規模な製鉄設備しかないだろうからな、戦国時代であれば……」

十河は腕組みをして静かに唸《うな》った。

「俺《おれ》も十キロくらいならレールの予備が工場内にあると思っていたが、こうして敷設してみたら……桶狭間まで、あと一キロくらい足りないようだ」

「あと一キロとはな……」

十河は詰所のホワイトボードに張ってある、信長に見せた地図を見る。

地図には現在の工事の進捗状況が、赤ペンで書き込まれており、熱田神宮を出た真桶狭間線は街道沿いを順調に、津島神領《つしまじんりよう》、出町《でちよう》、山崎《やまざき》まで延びていた。

「俺の読みが正しければ、善照寺砦の向こうくらいで線路が終わりそうだ」

高木が桶狭間から、約一キロ手前のところに指を置く。

「その位置からでは、今川の本陣を突けん。それでは奇襲にならんだろう」

「困ったな……。とは言っても、俺《おれ》にもレールは作り出せない」

二人の会話が止まった時、集会場の奥から整備区の下山が一人でフラリと現れた。

最初のうちは舎弟の加賀山と二人で町へ遊びに出かけていたが、現代の遊びに慣れた二人が、戦国の門前町の居酒屋で飲んでいるのが、いつまでも楽しいわけがない。

やがて、銭に替える物もなくなってきたことで、下山と加賀山は時間を持て余すようになって、詰所でゴロついている方が多くなっていた。

「下山、今日は飲みに行かなかったのか？」

目を細めた高木が皮肉を込めてそう言うと、下山はフンッと鼻を鳴らす。

「熱田の町に『もうすぐ今川義元が攻め込んできて、ここが戦場になる』って噂が広まっていてよ。たくさんの店が閉めだしやがったんだよっ」

「そうか、町の連中も桶狭間の戦いが近いことは、知っているんだな」

「テレビも新聞もねぇが、情報はしっかり摑《つか》んでやがるぜ。あいつらなりになっ」

「人の噂は『光よりも速い』とは、よく言ったものだ」

高木から目を逸《そ》らした下山は、窓から真っ暗な外を見た。

「それによ。戦国時代だろうが現代だろうが、銭がなきゃ飲めねぇんだよ」

「それは残念だったな」

ニヤリと笑った高木は、ふてくされている下山に当てつける。

「だったら、線路建設現場で働いたらどうだ？　日当は戦国の銭で支払われるぞ」

そんな話を聞いた下山は、十河を見て馬鹿にしたような顔をする。

「なんで俺が？　間抜けなあんたの下で、もいっかい働けってか？」

「一日二十文の銭をくれるのは小平太だ。私じゃない」

右の親指だけを出した下山は、奥に停まっている寝台車を肘《ひじ》から振って差す。

「小平太って……あの寝台車で寝泊まりしている信長の侍か？」

高木はコクリと頷く。

「働けば『信長から銭がもらえる』ぞ。國鉄からじゃない」

「信長からか……」

そう呟いて天井を見上げた下山は、頭を戻すと高木を見直してニヤつく。

「だったらよ〜一日百文で手伝ってやるぜっ」

一日二十文でも破格の日当と言われているのに、その五倍を下山は請求してきた。

「下山、さすがの信長でも、そこまでは出さないと思うがな」

だが、下山は余裕の表情で、高木から十河へ視線を移す。

「あと一キロレールが足りねぇんだろ？　十河さんよ〜」

「聞いていたのか？」

「聞こえちまっただけだけどなっ」

ニヤリと笑う下山に、高木が聞き返す。

「あと一キロのレールを、手に入れる方法があるのか⁉　下山」

「ったく、保線バカは、どいつもこいつも頭が固《かて》ぇな」

下山は現代とはまったく違う、輝くような星空を窓から見ながら続ける。

「名古屋工場に敷かれたままのレールを、引き抜いて使えばいいだろ」

下山が腕を手前に引くと、高木はハッとした顔で「そういうことか」と呟《つぶや》く。

「俺はクレーンが扱えるからよ。事故救援用操重車のソ80形を使って、敷地内に残っているレール、犬釘、枕木を回収出来る。その働きに『一日百文を出せ』って言ってんだよ。銭の出処《でどころ》は信長だろうが、國鉄だろうがかまいやしねぇや」

少しだけ十河は考えたが、すぐに背に腹は代えられないと判断する。

「分かった、下山。それで頼もう、一日百文だ」

自分の意見を通せたことが嬉しかった下山は、口角を上げて人差し指を伸ばして十河の顔の真ん中を差す。

「俺はあんたの指図は絶対に受けねぇ。この仕事は、整備区の俺と加賀山の二人でやる。それから作業ペースはこっちに任せてもらおうか」

「時間がないというところだけは、理解してくれ」

下山は不機嫌な顔を横へ向ける。

「俺だって受けた仕事だ。納期に遅れるようなヘマはしねぇよ」

「そうしてくれると助かる」

最後に十河は微笑んだが、下山は不機嫌な表情を崩さなかった。

本当ならば仲間として、一緒に真桶狭間線の建設に加わってもらいたかったところだが、こうして資材準備を手伝ってくれるようになっただけでも十河は嬉しかった。

そんなやり取りがあり、なんとかレール不足については目途《めど》がついた。

下山と加賀山は次の日からクレーン車であるソ80形を使って、使用する予定のない名古屋工場内のレールや枕木などを次々と引き剝《は》がしにかかった。

レールだけは重いために人力では持ち上げられないが、枕木くらいなら引き抜いてしまえば、勢子達がすぐにやってきて工事現場へ送る貨車に積み込んだ。

既に真桶狭間線の工事現場は八キロほど先にあり、軌道モーターカーが建築資材を積んだ貨車を牽いて連日走るようになっていた。

こうしてレール不足は解消したが、あと一つの問題は橋だった。

熱田から桶狭間に続く上野街道は、鳴海城の前で米野木《こめのき》川という大きめの川をどうにかして渡らなくてはならない。

海に近くなると川幅が広くなるため、藤《ふじ》川との合流地点で渡ることにした。

線路敷設中の工事現場から五百メートルほど歩いて、十河と石田は線路を通す予定地点になっていた川の岸まで調査にやってきた。

二つの川の間にある岬《みさき》のような三角地帯を挟んで米野木川、藤川にはそれぞれ橋が架かっているのだが、もちろん、人馬用の欄干もない木橋だった。

そんな橋を歩きながら、石田は鉄の入った安全靴を橋にガツンガツンと叩きつける。

この程度ではびくともしなかったが、石田は華奢《きやしや》な造りに不安を感じる。

「大丈夫でしょうか？　ディーゼル機関車だけでも四十八トンありますよ」

四十八トンの機関車の重量は、四つの車輪に均等に掛かる。

「軸重なら十二トンだ。それに愛知は昔から洪水の多い県だ。米野木川も氾濫《はんらん》することが多いと小平太から聞いた」

十河は橋の下を覗き込んで続ける。

「そういったこともあって、それなりに頑丈に作られているようだ。木材も角材だけではなく、太めの丸太も使用されているようだし」

「それにしても、各部を結束している物が、縄紐《なわひも》だけでは不安ですね」

「確かにな……」

戦国時代には橋を架ける能力はかなり高くなっていたが、使用する材料は大きく分けて板、丸太、縄だけであり、大きな力の掛かる接合部は脆《もろ》いように思われた。

また、橋の上を通る物体の想定は、三百五十キロの馬と戦装備をした百キロの武者を合わせた、約四百五十キロ程度。

いくら四つの車輪に分散するとは言っても、十二トンとは二十五倍以上の差があった。

十河は楽観的に考えていた。

「実際には……車重は四つの車輪だけに掛かるのではなく、レールと枕木を介して橋全体に掛かるだろうから、なんとかなるのではないか？」

「こんなの国鉄だったら、たとえ、緊急災害工事でも許可しない案件ですよ」

不安が拭《ぬぐ》えない石田に、十河は微笑みかける。

「一往復とは言わん。この橋を一度だけでもいいから、渡ってくれればいいんだ」

「帰りはどうするんです？」

橋の上に立っていた十河は、川下《かわしも》方向に小さく見えていた砦を指差す。

「現在、あの鳴海城は岡部《おかべ》元信《もとのぶ》が城主であり、今川家の拠点になっているが、史実では桶狭間の戦で獲《と》った今川義元の首と交換に、城の明け渡しに応じている」

鳴海城はハッキリ見えなかったが、丘陵《きゅうりょう》の西にあって東西に百三十メートルほどの広がりのある楕円形《だえんけい》の縄張りを持ち、周囲は空堀と土塁に囲まれていた。信長のいる清洲城に比べれば、かなり貧弱で城というより砦といった規模に見えた。

そんな鳴海城を包囲するように、右の手前には丹下砦、左には善照寺砦という信長側の旗印が掲げられた小さな砦が点在している。

「つまり、勝てばこの辺り一帯は、信長の支配地域になると」

頷いた十河は、橋の向こう側に続く街道を見つめる。

「そして、桶狭間の戦い以降、この先の三河は徳川家康が今川義元から独立して、信長にとっては安全圏が確立される」

石田は「なるほど」と呟く。

「つまり、一度向こう側にさえ渡ってしまえば、その後に橋が崩れ去ろうとも、ゆっくりと橋の復旧を行ってから、列車を名古屋工場に戻せるということですね」

戦国の歴史を流暢《りゅうちょう》にしゃべるようになった十河に、石田は笑いかける。

「十河検査長、随分歴史にお詳しいのですね」

十河は照れながら言う。

「いや、磯崎に教えてもらったことだ。これは全部な」

石田は口惜《くや》しそうに言う。

「十河検査長のためになると知っていれば、自分も戦国時代について勉強しておいたのですが……」

「そんなことは気にしなくていい。石田がいてくれたおかげで、線路建設はとてもはかどっているのだから」

十河を見て微笑んだ石田は「そうだ」と声をあげる。

「こちらから向こうへ渡るまでに橋が崩壊してしまっては、元も子もありませんから、単管パイプを使って橋を補強してみてはどうでしょうか？」

単管パイプとは鉄製のパイプで、クランプと呼ばれる接手《つぎて》と組み合わせて、工事現場に足場を作ったり、建築物の補強を行ったりする時に使用する建築資材だ。

保線区の倉庫には、こうした物が大量に備蓄されていた。

そのアイデアを十河は、すぐに採用する。

「そうだな。そうしておいた方がいいだろう」

「自分は相模工業大学工学部で構造力学を専攻したので、こうした橋の強度強化については、十河検査長のお役に立てると思います」

「分かった。では、この橋の補強工事の責任者は石田としよう。必要な勢子や資材があれば言ってくれ。小平太と相談して至急手配する」

石田は、自分だけの役割が出来たことを喜んだ。

「了解しました。鋭意努力します」

「今でも少しオーバーワークなのだ。あまり無理はするなよ、石田」

「自分は大丈夫です！」

嬉しそうに笑った石田は、額に右手をあてて敬礼する。

真桶狭間線の完成が近づいていたが、それは今川義元の尾張侵攻も目前に迫ってきたということだった。

十河ら國鉄職員は迫りくる風雲を感じながら、線路建設を更に急いだ。

五章　今川義元尾張侵攻

永禄《えいろく》三年五月十二日。

今川義元《いまがわよしもと》は史実通りの二万五千と噂《うわさ》される大軍と共に「駿河《するが》の駿府《すんぷ》を発《た》った」という知らせが、小平太《こへいた》より國鉄にもたらされた。

今川義元は駿河、遠江《とおとうみ》、三河《みかわ》を支配下においていた「東海一の弓取り」と呼ばれる名将であり、今川家は将軍足利《あしかが》氏に繋《つな》がる名家であった。

幼少期から多くの戦記や兵法書を熟読していた秀才であり、その書物より得た知識を生かして、敵に対して三倍以上の兵力を用意して尾張《おわり》に侵攻してきたのだ。

今川義元が駿府を発ったという知らせを聞いた歴史好きの磯崎は、驚くこともなく「やはり史実通りですな」と淡々と言った。

戦国の軍勢についての知識は、小平太が十河《そごう》らに教えてくれた。

「今川の軍勢二万五千とは言っても、実際に戦をする将から足軽までの数は、全体の半分か、それより下でござる」

戦国の記録には人数の記録が色々と出てくるが、それは武士の総数ではないとのことで、二万五千の軍勢とは武士から足軽、陣夫《じんぷ》まで含めた数だそうだ。

半分以上を占める陣夫は、足軽と大きく違っているらしく、

「命がけか否かでござる」

と小平太は言った。

足軽は戦となれば命がけで戦わなければならないが、その分、働きによって出世が見込め、乱世の世なら大名にもなれるかもしれない。

だが、陣夫と呼ばれる者達は、要するに荷物や武装を戦場へ運ぶ荷物運び達で、戦の際には後方に待機して実際の戦闘には参加しない。

その分、出世することはなく、一生陣夫のままだそうだ。

真桶狭間《おけはざま》線の敷設《ふせつ》に関《かか》わった勢子《せこ》達は、陣夫として働くこともあるとのこと。

ただ、後方といえども、負け戦で総崩れとなれば乱戦となってしまうので、そうなれば

「命を落とす危険もある」と小平太は言った。

時を同じくして十河らの建設していた國鉄初の路線、真桶狭間線が開通した。

手伝いにきた勢子らが最終的には、一日当たり百名程度もいたこともあり、十河が予測していたよりも少し早めに開通することが出来た。

だが、真桶狭間線の終点を、明確に決めることが出来ないでいた。

「今川義元が陣を張って休憩した、少し小高い丘と記録に残る『桶狭間山』という場所は、

実は正確な位置が分からんのですよ」

歴史に詳しい磯崎でさえそうだったので、小平太らに聞いてみたが、

「あの辺りの山を総じて『桶狭間』と呼ぶのでござる」

と言うだけで、正確な位置は分からないとのことだった。

磯崎の予測によると、戦いに勝った織田信長《おだのぶなが》が後年喧伝《けんでん》したことで、今川義元が首を獲《と》られた丘が「桶狭間山」として有名になったのではないか？　とのことだった。

そこで磯崎の推理を頼りに、鳴海《なるみ》街道沿いで丘になっている麓《ふもと》に車止めを設置して、ここを國鉄桶狭間駅と定めた。

「桶狭間の戦いが行われた場所と聞いていたので、もっと広いかと思っていたが……」

十河は桶狭間駅の周囲が、山が迫る谷底のような場所だったことに驚いた。

「今川義元はあちらから来るでござる」

蛇行しながら東へ続く、幅一メートル程度の谷筋に沿う街道を小平太は指差す。

小平太の話によると、尾張と三河の間には山地があり、う回路は少ないので大軍で侵攻する際には、いつも東海道を東から入って来るしかないとのことだった。

戦を行うなら攻撃力が大きくなるように、陣は左右を大きく展開出来た方がいい。

だが、日本は国土が狭く平野は限られた場所にしかない。

街道の整備も遅れていたので、細長い縦隊でしか移動出来ないのだ。

「たぶん、兵を休ませるなら、ここくらいしかないでしょう……」

狭い街道を歩いて来た兵が昼食をとるなら、少し広がった場所になるはずだから、という磯崎の推理を考慮して、この木々のない小高い丘下に駅を定めたのだった。

終着駅については少し曖昧《あいまい》な部分もあったが、それでも、熱田《あつた》から時速四十キロで走れば約十五分で桶狭間に到着出来るわけで、それはこの時代の者にとっては神速といっていい移動速度だった。

十河としてはディーゼル機関車ＤＤ16形と貨車を連結して、出来れば熱田から桶狭間まで一度は試走しておきたかったが、今川軍が目前に迫っていたこともあり、最終走行試験が出来なかった。

ただ、工事用の軌道モーターカーと貨車の組み合わせでは、全路線を無事に走り切れており、それは安心材料になっていた。

駿府を出た今川軍が桶狭間から四キロの距離にある沓掛《くつかけ》城に入ったのは五月十八日と、史実通り、桶狭間の戦いの前日だった。

今川軍は駿府から沓掛までの約百五十キロに六日間かけ、一日二十五キロ程度しか移動しないという、堂々とした急がぬ行軍である。

今川軍が入った沓掛城は桶狭間駅から直線距離で、たった四キロしか離れていない。

十河らの感覚から言えば「目と鼻の先」なのだが、戦国に生きる人達の感覚での「一里」は、遠い距離と捉《とら》えているようだった。

もちろん、織田信長のいる清洲《きよす》城にも「今川義元、沓掛城に入る」という報は、電話も電報もないが、草を介して早い時刻に伝えられていた。

逃げだす者は荷物をまとめて避難を始め、戦いに赴《おもむ》く者は信長からの命令を待った。

五月十八日の夕刻、すっかり國鉄の会議室と化した詰所一階で國鉄側から十河、磯崎、長崎三人と、信長方から小平太、新介《しんすけ》の二人が出席し、夕食をとりながら最後の打ち合わせを行うことになった。

他の保線区の者はいないのに運転区の長崎だけが出席しているのは、明日はディーゼル機関車を運転する運転士の腕に、全《すべ》てを賭《か》けることになるからだ。

今日の食事当番となった石田が、それぞれの前に丼茶碗《どんぶりぢやわん》に入れた飯と、大根と葉物が入った汁を置いた。

二週間ほど前に、十河達が現代から持ってきた食料は底をつき、そこからは小平太が手配してくれた戦国時代の食料で國鉄職員らは生活を始めていた。

勢子として手伝ってくれている農民らの食事は稗《ひえ》、粟《あわ》といった雑穀が中心だったが、十河らは武士と同じ玄米を食べることができていた。

現代の白米のように「もっちりしていて粘り気がある」というわけにはいかなかったが、

無農薬で育てられるオーガニック米なわけで、健康食が好きでマッチョな藤井などは「これの方が現代ならすごい贅沢《ぜいたく》だぜ」と気にいって食べていた。

熱田が普段通りなら新鮮な魚が毎日手に入り、いつも焼き魚が一皿つくのだが、戦が迫って来たことでなくなっていた。

だが戦国の者は「飯を食う」のが基本であり、魚などは副食とのこと。

ちなみに熱田では、調味料の塩だけは困らない。

熱田神宮を中心として、町全体で塩作りを最も重要な産業としており、海岸に並ぶ塩田では休むことなく作業が続けられていたからだ。

食べ物を長期保存するために使われてきた塩だが、浄化する力があると信じられ始めてからは神事にも用いられた。そこで熱田神宮でも潮水で体を清めたり、海に面した場所に作られた塩田で作った塩で、お祓《はら》いを行うのだ。

更にこうして作られる塩は単価がとても高い商品になるため、熱田ではそれを伊勢湾《いせわん》一帯に船で運び莫大《ばくだい》な利益をあげていた。

飯を汁で流し込みながら、清洲から戻ってきた新介が報告する。

「清洲の町は騒がしくなっておったでござる」

汁を少しずつ飲みながら長崎が応《こた》える。

「熱田は全ての店が閉まって静まり返り、多くの者は近隣に避難したと聞きます」

「民の奴《やつ》らは耳が早く、状況をよう知っておる。御屋形《おやかた》様が『清洲で籠城《ろうじょう》する』との噂が流れておって、皆、町が戦場になると逃げだしておるのじゃ」

磯崎は一人だけ少なめに盛られた飯を食っていた。

「籠城となれば今川軍によって、尾張の町は略奪にあうだろうからな」

「その通りでござる、磯崎殿」

「富は奪われ、女はさらわれ、家は焼かれるとは……惨《むご》いことじゃな」

玄米を箸《はし》ですくって口へ放《ほう》り込みながら、新介は「いかにも」と何度も頷《うなず》く。

「義元が通ると予測される街道筋の者ほど逃げだしておるのじゃ。それに……御屋形様なら籠城と決めた瞬間に、自ら町に火を放つであろう」

「自分で火を付《つ》けるとは……焦土戦術か」

「その～しょうどなんとかは分からぬが、今川に利用されぬように、橋、町などの全てを焼き払い、民と共に城に籠《こ》もるのが普通じゃ。そうなったら難儀なことになる……」

新介は汁椀《しるわん》に口をつけながら、深いため息をついた。

そんな話を聞いていた十河は、少し不思議に思った。

「しかし、線路は気にならないようだな。あれだけの工事をしているのに」

「使い道が分からぬらしい。おかげで民の間では、御屋形様の呼び名が昔に戻り、こんな非常時に、無駄な政《まつりごと》を行う『うつけ』と呼ばれておる」

「そうか。それは気の毒なことをしたな、信長に」

フッと笑った十河は、静かに温かい汁を飲んだ。

それは単なる味噌汁《みそしる》だったが、名古屋工場の社員食堂で食べていた物と比べて、数段に美味《うま》く、疲れた体に染み渡る一杯だった。

少し落ち着いた十河は小平太に聞く。

「清洲での軍議はどうなった？　小平太殿」

小平太の方は今日の夕方に清洲で開かれた軍議に参加していた。

参加していたといっても「國鉄との取次役」として、末席に座らせてもらえただけで、単なる馬廻衆《うままわり》の小平太は軍議で意見を述べられる立場ではない。

小平太は「それが……」とうなだれて首を横に振った。

「御屋形様は『出陣はせぬ。もう夜になるから帰ってよい』と言われ、軍議も早々に終わらせてしまわれた」

史実を知っている磯崎にとっては、一度見た映画をもう一度見るかのようで落ち着いていた。

「でしょうな」

汁を飲みながら磯崎が「当然」といった顔で言うと、小平太は口を尖《とが》らせる。

「でしょうなとは酷《ひど》いですぞ、磯崎殿。御屋形様が出陣なさらず、清洲での籠城となれば、我らが本日まで苦労して築いてまいった真桶狭間線が、全て無駄になってしまうではござらんか」

磯崎は、余裕たっぷりに、箸《はし》を置いて言う。

「まぁまぁ、小平太殿。ここは辛抱してお待ちくだされ。信長様は必ずやここへ来る」

「なにを根拠に、そのような自信を……」

首を捻《ひね》る小平太を、十河は微笑《ほほえ》みながら見つめる。

「では、軍議ではなにも指示されなかったのだな」

「そうでござる。『れっしゃの準備をしておけ』とも、『明日、熱田にまいる』とも、言われなかったのじゃ。もしや、御屋形様は気が変わったのかもしれぬ……」

小平太も新介も不安そうだったが、桶狭間の戦いの流れの詳細を磯崎から聞いていた十河は、焦ることはなかった。

十河には信長が「敵を騙《だま》すなら、まず味方から……」という史実通りの策に出ていると分かっていたからだ。

史実では、信長は前日の軍議で臣下の者から意見を聞くだけで、なんの指示も出さずに解散してしまった。

だが、次の日の早朝、突如単騎で駆けだし、熱田神宮に精鋭の馬廻衆だけを集結させて、今川義元に奇襲をかけている。

この前日の軍議での態度の原因はハッキリしないが、「尾張に潜《ひそ》む今川方の草に奇襲を悟られないようにするために芝居をうったらしい」と磯崎から十河は聞いた。

「明日は朝から準備しておくしかないな。命令があれば、すぐにでも兵を熱田から桶狭間に送り込めるように」

十河の意見に全員が納得したようだったが、長崎だけが奥歯を嚙《か》んだ。

「十河検査長、本当に大丈夫でしょうか？」

「なにが不安なんだ？　長崎」

「いえ、大丈夫だと思うのですが、ＤＤ16は約一か月半動かしてはいませんので」

十河は真桶狭間線が完成してから、ディーゼル機関車の試運転をする予定だった。だが、線路の最終チェックもあり、試運転までは手が回らなかったのだ。

神経質な運転士の長崎は、飯も喉《のど》を通らなかったようで半分以上残していた。

「普通に動いていたのだろう？　現代にいた時には」

「ええ、最後に動かした時には、特に大きな問題はありませんでした」

「国鉄の機関車はやわな機械じゃない。それは問題ないだろう」

曇りが晴れない顔で、長崎は一瞬小平太らを見てから言葉を選んでしゃべる。

「ですが、ここへ来た時に、どこか破損しているかもしれません」

目を揺らしている長崎に、十河は静かに頷《うなず》く。

「朝早くに回してみるしかないな、明日」

長崎はすがるような目で十河を見つめる。

「それで動かなかった時は⁉」

あまりにも不安そうな目をするので、十河は笑顔を見せて落ち着かせることにした。

「きっと動く。そんな心配はしないことだ」

「そっ、そうでしょうか……。それならいいのですが」

「運転士は運転のことだけを心配していればいい、長崎」

「わっ、分かりました……」

それで納得したのかは分からなかったが、長崎は顔を下へ向けた。

早朝から桶狭間の戦いが始まることを知っていた十河らは、早めに就寝して明日に備えることにした。


その五月十八日の深夜。

今川軍において三河勢を指揮していた松平元康《まつだいらもとやす》（のちの徳川家康《とくがわいえやす》）が、信長方の砦《とりで》によって包囲され兵糧攻めにあっていた大高《おおだか》城に、信長勢を突破して兵糧を届けた。

大高城は鳴海城から更に南にある城で、ここも信長は砦で囲んでいた。

だが、元康勢は二千の兵力を持っており、包囲していた信長の砦には二百程度しか配置されていなかったために、兵糧の運び込みを阻止することは出来なかったのだ。

これを皮切りにして「桶狭間の戦い」がスタートした。

元康の働きのおかげで、兵糧攻めを受けていた大高城は一息つくことが出来、反対に包囲していた信長の各砦は、各個撃破を受けるピンチに陥った。

信長にも「援軍を乞《こ》う」という連絡は入っており、臣下からも「すぐに後詰《ごづ》めを送るべし」との進言がなされたが、信長はその命令を発することはなかった。

今川勢が尾張領に迫っており、大高城を囲む砦が危険な状況に陥っているのにもかかわらず援軍を送ることもなく、さりとて籠城の準備をする気配も見せない信長に、愛想を尽かして早めに今川方への帰属を模索し始める国人《こくじん》や地侍も出てくる。

圧倒的大軍で迫った今川軍は、夜明けと共に攻撃を再開すると思われたが、元康は大高城で一休みすることもなく、すぐにとって返して織田方の砦を攻撃した。

最も南の丸根《まるね》砦に対して松平元康が、その北側の鷲津《わしづ》砦に対して朝比奈《あさひな》泰朝《やすとも》が、丑《うし》と寅《とら》の刻の間（午前三時）にもかかわらず夜襲をかけた。

丸根砦を預かっていた佐久間《さくま》盛重《もりしげ》は、敵襲の知らせを清洲城へと飛ばす。

馬に乗った伝令は上野《うえの》街道を通って熱田に達し、そこから美濃《みの》街道を通って清洲まで一時間半ほどで知らせを届けた。

この時、信長は就寝していたのか、本当のことはよく分からない。

だが、歴史に詳しい磯崎が言うには、

「信長公記《しんちょうこうき》によると、就寝中であった信長は飛び起き、『人間五十年　下天《げてん》の内をくらぶれば　夢幻《ゆめまぼろし》のごとくなり　一度生を受け滅せぬ者の有るべきか』と、『敦盛《あつもり》』の舞を一踊りしたらしい」

と、いうことだった。

その頃《ころ》、周囲はまだ薄暗かったが、名古屋工場は既に動き出していた。

寝台列車で就寝していた國鉄職員が、四時に起床して詰所の前に並ぶ。

桶狭間の戦い目前の朝礼に集まったのは、合計十名。

十河、高木、磯崎、石田、藤井、仁杉《にすぎ》、長崎、杉浦と小平太と新介だった。

もちろん、こうした事態を整備区の下山と加賀山は知っているはずだが、朝礼に出てくることはなかった。

凛《りん》とした顔で並ぶ部下達に向かって、十河は大きな声で挨拶《あいさつ》をする。

「おはよう、諸君」

『おはようございます！』

全員から大きな声が返ってくる。

「今日で私達の未来が――」

そこまで言いかけた十河は、首を横に振ってから言い直す。

「今日で國鉄の未来が決まる！」

その一言に國鉄職員らの心は打ち震える。

「短い納期、慣れない環境、過酷な作業現場、家族に会えない辛さ……。多くの困難に立ち向かいながら、今日まで我々は線路を作ってきた。それだけに、信長の桶狭間での奇襲を成功させなければ意味がない！」

「その通り！」

昨日はあまり寝られなかった石田はそう叫び、戦前の高揚感で体が震えていた。

十河はレールの先に見えていた熱田神宮の赤い鳥居を指差す。

「信長は熱田神宮に、午前八時に到着する」

そんなことを突然言い出す十河に、小平太は新介と共に驚いた。

『どっ、どうしてそんなことが分かるのじゃ⁉』

「既に清洲城で敦盛を一曲舞い終わって、出陣の法螺貝《ほらがい》が鳴り響いている中、家の者に鎧《よろい》や具足を着けさせながら、立ったまま湯漬けを食べおる頃じゃな」

まるで見てきたかのように言う磯崎にも、二人は啞然《あぜん》とするばかりだった。

実際、信長の兵の多くは籠城するものと考えて清洲近くに野営していたが、まだ日が明けきらないうちに「出陣」を知らせる法螺貝が鳴り響き、急いで戦の準備を整えて信長の元へ馳《は》せ参じる事態になっていた。

そんな臣下の準備を待たずに、信長は「皆、熱田神宮へ馳せ参じよ」とだけ言って、なんとか間に合った六騎と共に、一路美濃街道を南下し熱田を目指していた。

ただ、その速度は早馬かと思いきや、実はゆっくりとしたものだった。

清洲から熱田までは距離にすれば十五キロで、時速十五キロで走れれば一時間で到着するはずが、実際には三時間ほどかけて到着しているからだ。

この間に街道沿いにいた信長の部下らの合流を図っていたとも言われる。

それを知っている十河は、小平太と新介を見ながら言う。

「だから二人も鎧を着て、ここで待っているといい。もうすぐ信長が来る」

二人には意味が分からなかったが、あまりにも國鉄職員らが自信を持っているので、その雰囲気に気圧《けお》されて『分かり申した』と返事した。

その瞬間、熱田神宮の方から、オレンジ色の朝日が射《さ》し込み十河の顔を照らす。

十河は居並ぶ國鉄職員に向かって微笑む。

「では、八時までに整えるとしよう。我々の國鉄一番列車を！」

高木の掛け声に続くように、國鉄職員が声を合わせて叫ぶ。

「足元よし！　頭上よし！」

『足元よし！　頭上よし！』

最初に地面を差した右手の人差し指を、続けて空へ向けて最後に声を合わせる。

『今日も一日安全にっ！』

最後に『おぉぉ‼』と雄叫《おたけ》びをあげて、それぞれの仕事に取り掛かった。

ここまで来れば十河が細かく指示することはない。

長い間国鉄で培《つちか》ってきた列車を走らせるノウハウを、それぞれが全力で國鉄一番列車にぶつけるだけだ。

作業は大きく分けて二つ。

一つは兵が乗り込む貨車チキ6000形を十両連結して列車を作ること。

他の保線区員が補助につき、高木が軌道モーターカーを使い一両ずつ連結していく。

貨車は表面が平らだったので、周囲に単管パイプを溶接して作った高さ一メートルの手すりが付けられている。

これは今日に合わせて國鉄職員が設置した物だ。

一台のチキ6000形は全長約十五メートル、幅約二メートル半あるので、十河の計算では一両当たり二百名弱の鎧を着た兵を乗せられる予定だった。

ラッシュアワー並みの乗車率となるため、手すりについては出来るだけ丈夫に作るように十河は指示しておいた。

レールが引き込まれている複線機関庫の巨大観音開き扉を左右に開く。

朝日でうっすらと明るくなりつつある庫内には、赤く輝くディーゼル機関車ＤＤ16形があった。

隣の線路には蒸気機関車のＣ11形が置いてあるが、こちらは使用しない。

蒸気機関車を立ち上げるには、多くの時間が掛かる上、小型とはいえＣ11形は車体重量が六十六トンもあり、線路や橋へのダメージがＤＤ16形より大きいからだ。

ＤＤ16形はタイムスリップから、ずっと放置したままになっていた。

もちろん、十河らも整備したかったが、最大出力八百馬力のＶ型十二気筒インタークーラー付ディーゼルエンジンは、車好き程度ではいじることは出来ない。

また、運転士である長崎はディーゼル機関車の運転免許は所持しているが、巨大なエンジンを整備するような講習は受けていなかった。

長崎が、両手に長い間使ってきた白手袋をはめる。

「本当に大丈夫でしょうか」

一睡も出来なかった長崎は、血走った目で不安そうにＤＤ16形を見上げる。

十河は力強く長崎の背中を押し出す。

「頑丈で丈夫が取《と》り柄《え》の国鉄機関車を信じろ」

長崎は落ちた眼鏡の真ん中に、揃《そろ》えた人差し指と中指をあてながら直す。

「そうですね。そうしてみます」

しっかりと頷いた長崎はＤＤ16形の運転台へ向かって走り、まずは周囲を歩いて指差し確認しながら始業前点検を行う。

国鉄がなくなっているのだから、始業前点検も白手袋もしなくてもいいと長崎も分かっているが、今まで続けてきたことは簡単には止《や》められない。

反対にこうした日々行ってきた点検をした方が、自然と心が落ち着いた。

ＤＤ16形は凸型機関車だが、出っ張っている運転台部分は中央ではなく、後部に少しだけズレており極端なことを言えば、Ｌ型に近くなっている。

車体全体は国鉄内で「朱色四号」と呼ばれる金赤色で塗られ、運転台前方に伸びるボンネット上部と運転台の屋根はグレーで、運転台の屋根の真ん中には白くて細い線が一本水平に入っていた。

運転台には、中央に円形の「旋回窓」が装備されたフロントガラスが四つ並び、中央にはグレーに塗られた大きな煙突が設置されている。

正面と後部には四角のヘッドライトがあり、エンジンを含めて整備しやすいように、車体を囲む幅三十センチ程度のデッキがついていた。

車外点検を終えた長崎は、最後部から階段状になっているステップを蹴《け》ってデッキに上がり、約一か月半ぶりに運転台の鍵穴《かぎあな》に忍錠《しのびじょう》を入れて回してドアを開いた。

この忍錠は国鉄の列車全てのマスターキーで、基本的にこれでほとんどの列車内の扉を開くことが出来るようになっている。

車内はいつものようにオイルと埃《ほこり》の混じった匂《にお》いに満ちているが、長崎にとっては家に戻ってきたように感じる、懐かしくて心地良い匂いだった。

「ずっと動かすことが出来なくて、ごめんな」

友達にでも話しかけるような思いで、長崎は始動手順を追いかけていく。

運転台内で始動準備をしている長崎を外から見ていた十河は、ディーゼル機関車に違和感を覚えた。

車体を見つめていた十河は、その原因に気がついた。

タイムスリップ前には白いペンキで書きなぐられていた組合運動のアジが、キレイに消されて元の赤い色に戻っていたのだ。

「アジを消したのか？　石田」

石田は申し訳なさそうに苦笑いする。

「自分ではありません。線路建設に没頭していましたので、機関庫に来たのは信長が見に来た時以来です」

「では、誰《だれ》かが消したということか」

「そうですね……。でも、誰が消してくれたんでしょうか？」

石田が不思議に思ったのは、保線区は全員、日の出から入りまで真桶狭間線の建設に従事しており、そんなことをしている時間はなかったと思われたからだ。

もちろん、運転区の長崎も車掌区の杉浦も工事に専念しており、いくら夜に時間が空いたとしても、クタクタな上に貴重な燃料で照明を灯《とも》して整備するはずはなかった。

「いったい誰が……」

石田がそんなことを考えた時、長崎が始動準備を終えた。

運転台の椅子《いす》に座った長崎は制帽をしっかりと被《かぶ》り直し、コンソールにある緑のランプを指差し確認する。

「始動ランプよし！」

(頼む！　回ってくれ)

長崎は願いを込めて、白手袋をした右手の親指でセルスターターボタンを押す。

一瞬の間が空いた後、クォンクォンとセルモーターが回りだす。

そして、ブオンと力強い音をあげてディーゼルエンジンが始動した。

「うっ、動いた！」

そんなことは国鉄時代に思ったこともなかったが、まるで子供の産声を聞いたかのように、長崎は一か月半ぶりに聞く始動音に感動していた。

そして、まったく触っていなかったＤＤ16形から、不思議なことを感じる。

「現代にいた時よりも、始動がスムーズになったような……」

その時、運転台の窓から前を見ていた長崎は、機関庫の扉の外から半身を隠しながら、こちらを見つめている人物を見つけた。

「あれは……下山さん？」

機関庫の外には工具箱を持った整備区の加賀山と下山がいて、無事にエンジンが掛かったので、微笑んでいるように見えた。

だが、エンジンが回った瞬間、その場から消えるように立ち去ってしまった。

「もしかしたら……下山さん達が、ずっと整備をしてくれていたのでしょうか？」

長崎はそんなことを思った。

下山も加賀山もふてくされてはいたが、やはり国鉄職員だった。

戦国時代にタイムスリップして、毎日働かなくてもよくなっても、やはり二週間も遊んでいればエンジンをいじりたくなってしまう。

それに他の連中が一丸となって真桶狭間線の建設をしていたのが、今更ながら少し羨《うらや》ましく感じていたのだ。

「十河だけは、絶対にゆるせねぇ」

下山のその考えは揺るがなかったが、整備士として機関車が朽ち果てていくのは許せなかった。

だから、昼間に工事で人が出払った時に、毎日少しずつ整備をしていた。

その時、自分で書き込んでしまったアジも消し、元の色に戻していたのだった。

DD16形の始動を外で見ていた十河と石田は、エンジンが掛かった瞬間に右手で握手した。

「行けそうだな」

「はい！　これで桶狭間まで走らせられます」

二人は次第に高まっていくディーゼルエンジン音を誇らしく聞いていた。

信長は美濃街道を全速力で駆け抜け、辰《たつ》の刻（午前八時）に熱田神宮へと到着した。

それは磯崎が知る史実通りの動きだった。

天皇の権威の象徴である三種の神器《じんぎ》の一つ、草薙剣《くさなぎのつるぎ》を祀《まつ》る神社として、古くから有名であった熱田神宮は、うっそうと茂る森に囲まれている。

神社の一番奥は海に突き出しており、土俵《どひょう》のような四角の島に赤い柱で支えられた社殿が建っていた。

史実では信長が集結場所として熱田神宮を選んだのは、境内《けいだい》に多数の兵を休ませるスペースがあったことと、熱田神宮が持つ神人《じにん》と呼ばれる兵を加えるためだったとある。

だが、今は「列車に乗って奇襲を行うため」に信長はやってきたのだ。

熱田へ来た信長は直接名古屋工場へと向かわずに、熱田神宮の下馬看板の前で馬から飛び降り、早朝からの訪問に驚いて駆け寄ってきた神官に叫んだ。

「戦勝祈願じゃ」

信長は信心深い訳ではない。

戦を前にして戦勝祈願を行ったのは、この時が初めてであり、その後はあまり記録に残っておらず、むしろ「願ってどうにかなるものか」と信心を否定しているエピソードの方が多い。

ゆえに信長が突如「戦勝祈願じゃ」などと言い出したことに、神官らは驚いたのだ。

唖然としている神官に、信長は大きな声で言い放つ。

「これからの戦で勝てるように、祈れと言っておるのだ」

若い神人に手綱を渡した信長は馬を預け、海に突き出している社殿へ歩く。

堂々たる歩みで海の社殿をバックに立った信長は、前に広がる伊勢湾《いせわん》の真っ青な海を見つめながら、神妙に頭《こうべ》を垂れて神主から祈禱《きとう》を受ける。

そうしている間にも信長の親衛隊と呼ばれる「馬廻衆」が、清洲から続々と到着して、熱田神宮内が一気にざわつきだす。

完全な軍装は間に合わず小袖《こそで》のままで走ってきて、神宮内で急いで鎧や籠手《こて》などを装備している者も多く見受けられた。

だが、城を飛び出して三時間くらいで、兵が集まってくるのは異常なこと。他国であれば兵は農民を兼ねているために領地で寝泊まりをしている。そのため、出陣の触れは各領地から領民に伝えられ、集結するにはかなりの時間を要するが、信長は兵を銭で雇っていたため、こういう動員が可能だったのだ。

祈禱が終わってすぐに、信長は丸根砦と鷲津砦が落ちたとの報に接する。

丸根砦守備の佐久間盛重は、陣夫も加えた五百の者と突撃を行い、松平元康も称賛するほどの獅子奮迅《ししふんじん》の戦いを見せながら壮絶な最期を遂げた。

同じく、鷲津砦でも飯尾定宗《いいおさだむね》、織田玄蕃《げんば》などが討死し残った兵は敗走した。

その報を聞いた信長は、表情も変えずに「祈願の意味なし」と叫んだ。

今川義元の方は元康による大高城救出、周囲の砦陥落との報を受け、次の目標である鳴海城救出のために、同じ頃に沓掛城を出て一路尾張との国境を目指していた。

圧倒的兵力を有している上に、「信長はまだ清洲にあり」との情報を得ていた今川義元は、松平元康や朝比奈泰朝の戦う最前線も、まだまだ遠かったこともあって、二本の棒の上に板を敷いて乗る「輿《こし》」で街道を移動していた。

輿はお付きの者が担ぎ上げ、決して傾かないように気をつけて歩いていた。

一番列車を組み終えた十河が待っていると、九時くらいに信長が現れた。

熱田神宮へ続く一本道には色とりどりの鎧と兜を装備した武者が次々に現れ、その先頭に信長が堂々とした姿で歩いてきた。

信長はオレンジの組紐《くみひも》が通った鎧に、金の前立てのついた漆黒《しっこく》の兜を被っている。

ここまで騎馬で来た者もいたが信長の命によって、馬は全員熱田神宮に繋ぎ徒歩《かち》で名古屋工場へやってきた。

國鉄一番列車は先頭にディーゼル機関車ＤＤ16形が、その後方に手すりの付いた長物貨車チキ６０００形が十両連結されている、合計十一両編成。

國鉄職員と小平太と新介はＤＤ16形の正面に誇らしげに並び、信長を出迎えた。

信長だけは線路の中央を堂々と歩いていたが、線路を初めて見る多くの者は恐る恐るといった感じで、線路の左右に分かれてバラストの上を一列で歩いてくる。

歩く度に鎧や具足が揺れる音がカチャカチャと響き、兵の多くは長さ五メートルから六メートルはある赤い槍《やり》を一本ずつ立てて持っていた。

「戦国時代の槍って、すげぇ長いな」

驚く藤井に小平太が答える。

「周囲の国より『尾張の兵は弱兵』と言われておる、それを聞いた御屋形様が『槍が長ければ怖くなかろう』と、この三間半の朱塗りの槍を足軽全員に貸し与えたのじゃ」

「確かにこれだけ長けりゃ、敵を目の前にしても怖くねぇかもな」

藤井は長過ぎてしなりかけている槍を見上げた。

「上から振り込まれた三間半の槍先は、鞭《むち》のようにしなって破壊力抜群でござる」

小平太は自信満々の顔で胸を張った。

巨大なディーゼル機関車の前までやってきた信長は、頼もしげに見上げる。

「今川義元の侵攻までに、しかと完成させたのだな、十河」

「約束を絶対に守る。我々は國鉄だからな」

十河の腕を両手でとって、信長は嬉《うれ》しそうに微笑む。

「かたじけない。そして見事じゃ」

周囲にいた尾張兵らはすっかり怯《おび》えてしまい、遠巻きに見つめているだけだった。

だが、恐れを知らぬ信長は、ガラガラと大きな音をあげているディーゼル機関車のボンネットにも右手をつけて上機嫌に声をあげて笑った。

十河らの横には、完璧《かんぺき》に鎧を装備し終えている小平太と新介が控えていた。

「小平太、新介！　そちらもご苦労じゃった」

『滅相もございません、御屋形様のためならば』

声を合わせて言った二人は、さっと頭を下げて応《こた》えた。

周囲を回ってディーゼル機関車を見た信長は、正面に戻って十河に聞く。

「これに乗れば、桶狭間まで四半刻《しはんとき》で着くのじゃな」

「確実に送り届けてやる。心配するな」

フフッと笑った信長が一両後ろの貨車へ向かって歩き出したので、十河は肩を並べるようにして歩き出す。

黒く塗られている兵が乗る予定の貨車を信長は手で触る。

「おぉ、これだけの長さならば、三間半の長槍とて運べそうじゃな」

「横に寝かせて足元に並べれば問題はないだろう」

「素晴らしい。素晴らしいぞ、十河」

信長は興奮気味に、十河の肩を右手で何度も叩《たた》く。

ただ、十河には一点不安な要素があった。

「問題は今川義元の足を止められるかどうかだ……。桶狭間駅の近くの丘に」

信長の顔は自信に満ちあふれていた。

「それについては一計案じておる」

「一計？　どうやって今川軍の足止めを」

信長は自軍の最後尾を指差す。

そこには農民のような野良着や小袖を着た者達が男女二十名くらいおり、手にはそれぞれが色々な食物の入った大きな籠《かご》を持っていた。

よく見ると、先日まで線路建設を手伝っていた者達の顔もあった。

「あの者達に食べ物や酒を届けさせる」

信長の狙《ねら》いが分からず、十河は聞き返す。

「酒や食べ物を届ける？　どういうことだ」

「義元の本隊があの場所を通るのは、午《うま》の刻（正午）近くであろう。そこで『尾張の民は歓迎しております』と、百姓共に供物を届けさせるのじゃ」

そこで十河は一計について理解した。

「それを受けた今川義元本隊は、あそこで休憩をとると……」

信長は晴れ渡っている青い空を見上げる。

「今日は暑くなろう。まだ戦場も遠く、わしは清洲で震えておるか、熱田で待ち受けておると思っておるじゃろうから、行軍で疲れた兵を必ずや休憩させる。それにな――」

十河の顔を見直して信長は続ける。

「あの山の上からは大高城、鳴海城が見渡せる。兵法などを学んでおる義元ならば、必ずや戦況を確認するためにも登るはずじゃ」

その考えを聞いた十河は感心し、信長に提案する。

「では、あの者達を送らせよう。國鉄の列車で」

「おぉ、かたじけない、十河。であれば、もっと多くの酒を持たせるとしよう」

すぐに熱田にある酒屋に使いをやり、信長はありったけの酒を集めさせる。

十河の方は軌道モーターカーを用意させて、怖がる農民に扮《ふん》した信長の陣夫達を無理矢理作業員用トロッコ二両に乗せ、三両目には酒や食べ物を満載させた。

突然、こんな得体の知れない車両に乗せられ、陣夫達は目に涙を浮かべていた。

軌道モーターカーの運転は石田が担当する。

「すみません。國鉄一番列車をとってしまって」

運転台の窓から顔を出した石田は、すぐ近くにいた高木に微笑む。

「保線区の作業車が走ったところで、國鉄一番列車とは呼ばん」

「あぁ、確かに。軌道チェックってことですよね」

頷いた高木は、少し声を落として石田に言う。

「こいつでしっかり軌道の最終確認をしてくれ。ＤＤ16を走らせるのは、ぶっつけ本番になってしまったからな」

「了解しました。しっかり露払いしてきます」

そこへ十河がやってくる。

「石田、今川義元があの場所で休憩に入るのを確認してから戻れ」

「分かりました」

「衝突する可能性を考慮して、お前が戻るまではこちらの列車は動かさない」

「了解しました、非自動閉塞方式ってことですね」

非自動閉塞方式は初期の鉄道に用いられた手法で、人手によって衝突を防ぐようにする閉塞方式のことだ。

「まぁ、そういうこった」

石田が右手を前に伸ばす。

「出発進行！」

マスコンを引いて軌道モーターカーを走らせ始めると、十河らが敬礼で見送る。

その瞬間、列車を初めて見る尾張兵からはどよめきが上がる。

『おぉぉぉぉぉぉ』

走っていく線路沿いで、地鳴りのような声が続く。

どの尾張兵の目も丸くなり、一度開いた瞳《ひとみ》は大きく開いたままとなる。

反対にトロッコに乗せられた陣夫らは抱き合い、悲鳴のようなものをあげていた。

軌道モーターカーは、車体重量が五トン程度。

DD16形に比べれば十分の一程度で乗員も二十人しか乗っていなかったので、線路を走ってもまったく問題はなかった。

石田は、軌道が弱くなっている部分がないかチェックしつつ走った。

さすがは国鉄で線路を敷き続けてきた名古屋工場保線区の面々で、あれだけの急ピッチで作ったにもかかわらず、とても滑らかに走ることが出来ていた。

「やはりバラストを敷かないと、乗り心地が最悪だな……」

石田としては枕木《まくらぎ》とレールだけの線路に少々不満だったが、少し落ち着いてきた陣夫達は「なんと速いんじゃ」と、口を丸くして驚いていた。

戦が目前に迫っていたことで上野街道にはひとっこ一人おらず、米野木《こめのき》川と藤《ふじ》川に架かる橋も軌道モーターカーでは問題なく通過することが出来た。

右に見えた鳴海城周辺からは法螺貝、叫び声、金属と金属のぶつかり合う音など、激しい合戦の音が聞こえてくる。

現代であれば他の雑音にかき消されてしまうところだが、長閑《のどか》な戦国時代では遠くの音も良く聞こえてきた。

二つの橋を渡ると谷筋を走る道幅が狭くなる鳴海街道に入るが、松平元康は南側の街道を通って大高城へ向かったために、こちらの道に兵の影は見えない。

「今川義元本隊は鳴海街道を通って、鳴海城真東に出てくるつもりだろうか？」

周囲の状況を観察しながら運転していた石田は、そんなことを思った。

石田の運転によって順調に走った軌道モーターカーは、十時二十分に桶狭間駅に到着した。まだ少し体の震えていた陣夫達と荷物を降ろすと、石田は空になったトロッコと軌道モーターカーを見えない場所まで戻し、自分は今川義元が来るまで隠れて待つ。

陣夫らは駅から百メートルくらい離れた位置を通る街道まで出て、そこに供物の山を築き今川本隊がやってくるのを待っていた。

今川義元本隊の行軍はゆっくりとしたものになっていた。

街道を進めば進む程、素直に今川方に降《くだ》った国人《こくじん》や地侍らが民と共に現れ、輿に乗る今川義元に挨拶を求めたり、差し入れをして行く手を阻んだからだ。

名君として名高かった今川義元は、行く先々で農民達の大歓迎を受けていた。

生まれ育ちの良い今川義元はこうした歓迎を邪見にはせず、丁寧に応対したこともあって行軍速度がかなり落ちたのだ。

そのため、沓掛城から桶狭間駅までは直線距離で四キロしかないにもかかわらず、石田の前に現れたのは、午の刻近くだった。

サバゲーマニアの仁杉のライフルから外したスナイパースコープで、石田は木の陰から輿に乗った人物を確認する。

「あれが今川義元ってことか……」

輿に乗った男は太っており、気温が上がってきていたこともあり、時折「ふぅ」とため息をつきながら、手拭《てぬぐい》で額の汗を拭《ふ》いているのが見えた。

「この時代に太れる程食べられるってことは、殿様ってことなんだろうな」

一か月半ほどの生活で、石田にもこの時代は食料が貴重な物であることが分かった。

今川義元だと確信した石田は、スコープから目を外して耳を澄ます。

信長の手配した陣夫達が一斉に笑顔で歓迎の意思を示して、先頭近くにいた今川義元の輿へ向かって駆け寄ってお祭り騒ぎを始めた。

今川義元の側《そば》で警護していた家臣が、輿の上の人物に聞く。

「いかがいたしましょう？　上様」

警護の家臣は、度重なる地元民の歓迎に少しうんざりしていた。

「良いではないか。民の歓迎を受けられんような狭量な者では、世は治められん」

輿に乗った人物が手に持っていた扇子を開いて振ると、陣夫達は「わぁ」と歓喜の声をあげて盛り上がり、美味《おい》しそうな食べ物を持って輿へ差し出す。

しかも、今までの歓迎とは違って、美味《うま》そうな酒まで大量に持ってきていた。

警護の家臣は腕を組み、輿に向けられる品々を見ながらため息をつく。

「……仕方ありませんな」

「では、ここで休憩といたそう。贈られた食べ物が傷んでしまうのは、せんなきこと。全て本陣の兵らに振る舞ってやるがよい」

陣夫らが街道に積み上げていた食べ物と酒を扇子で指す。

「しかし、酒などもあるように見えますが……上様」

警護の者の心配を、義元は扇子で一蹴する。

「親良《ちかよし》、何を心配しておる？　背後は領国。地元は歓迎。ここは街道沿いで他に道はないのじゃぞ。敵が来るとなれば正面じゃが、そっちには松平元康がおる」

東の方を見ながら「それに……」と義元は呟《つぶや》いてから続ける。

「尾張に潜《ひそ》む草からの知らせでは、信長はまだ『熱田神宮におる』とのことではないか。熱田よりここまで来るには、徒歩で一刻半は掛かろう」

「御意にございます」

石田が見ていた輿の上の人物が、街道左手にそびえる小高い山を指差して叫ぶ。

「わしは、あの丘の上に陣を敷いて戦況を確認する。その間、皆の者は休憩じゃ」

今川義元の本隊は街道から左折し、左手の開けた丘陵《きゅうりょう》地帯を登りだす。

狙い通りとなって嬉しかった石田は、「よしっ」とこぶしに力を入れる。

やはり今川義元は周囲の戦況が、この山頂から一望出来ると知っていたのだ。

最も高いところに今川義元の輿がおろされると、すぐに本陣の周囲に杭《くい》が打たれ、丸に横線が二本入る「足利二引両《あしかがふたつひきりょう》」の家紋が入った陣幕が張り巡らされていく。

信長の送った陣夫達は丘を一緒に駆け登り、女どもは酒を兵に振る舞いだす。

武将、足軽、陣夫合わせて約二千名の義元本隊の者達は休憩と聞いて安堵《あんど》した。

気温が上がり暑くなりつつあったので兜や鎧を解き、陣夫達から差し入れの食べ物や酒を受け取ると、あちらこちらの日陰で宴《うたげ》を始める。

それを確認した石田は静かに下がり、停《と》めてあった列車に乗って後進した。

桶狭間駅から石田がバックで名古屋工場までは戻ってきたのは、十二時半頃。

石田から「桶狭間駅前の丘に、今川義元が休憩を開始」との報告を受けた十河らは信長軍を送り出すため急いで準備を始めた。

その最中、十河の横を通った磯崎は、晴れ渡った空を見上げてつまらなそうに呟く。

「やはり創作だったようですな……」

「なにが気になっている？」

「桶狭間の戦いの際にはよく語られる……信長軍の『接近する足音を消した』と言われる豪雨ですよ」

それについては十河にも覚えがあった。

「確かに桶狭間の戦いといえば、そういう描写が必ずあるな。ドラマや映画では」

だが、まったく雨の気配などない。

「きっと、後年の物書きが信長の戦いを盛り上げようとして、勝手に演出として入れたのでしょうな。まぁ、その真実が知れただけでも、わしは幸せですが」

磯崎が微笑んだ向こうに右手に工具箱を持った下山が立っていて、海から熱田へ続く小道を歩いていた野良着姿の年老いた男に話しかけている。

「棟梁《とうりよう》、今日は作るのか？」

暑さで少しずつ膨らみだした雲を、棟梁と呼ばれた男は見上げる。

「下山の旦那《だんな》。今日はやらねぇです。そろそろ雨が降って台なしになるじゃで」

「そっか、それじゃ仕事は出来ねぇなぁ」

下山と男は知り合いのような話しぶりだった。

「雨が降る⁉」

驚いた十河を一瞬見た下山は、バカにするように「ご苦労なこったな」と笑ってから、詰所へ向かってやる気のない態度でフラフラと歩いていった。

「本当に雨が降るのか？　今から」

十河が聞き直すと、年老いた男は静かに頷く。

「へい。わしら塩を作っております。塩田は砂浜に海水を撒《ま》いて太陽の光で干しますでぇ。その最中に雨に降られたら、せっかくの塩の塊が崩れて海水へと戻ってしまいますじゃで」

「ありがとう、助かる」

十河が礼を言うと、男は熱田へ向かってゆっくりと歩いて行った。

白い雲が立ち上る空を見上げながら、十河は（やはり史実通り通り雨が来る。突撃の足音が消える、その瞬間に本陣に信長を突入させなければ）と思った。

準備が整っていた十両の貨車に、國鉄職員が長槍の置き方を教えつつ分乗を指示して、バラストの上に置いた踏み台を通して貨車に乗せていく。

先頭のＤＤ16形の運転台には、運転士として搭乗する長崎の他に信長と十河が乗り込んだ。

そこで運転台の扉から首を出した信長は、下にいた小平太と新介に命ずる。

「小平太、新介。今回は大義であった。よって、この鉄の牛に乗ることを許すぞ」

『ありがたき幸せ！』

二人は長槍を持ったまま、先頭からステップを上がり正面のデッキの左右に座る。

最後尾の貨車には「俺《おれ》は車掌なんで」と、杉浦が兵と一緒に乗り、他の貨車にも保線区員が一名ずつ補助に乗り込んだ。

信長の兵は今川軍と比べれば総数二千と少数だが、陣夫は含まぬ足軽以上の戦闘員ばかりの上、全《すべ》て信長のために必死に働く親衛隊の馬廻衆だった。

こうしたことが出来たのは、信長は国の未来を賭《か》けた短期決戦のため、兵糧を運んだり、土木工事を行う陣夫を伴う必要がなかったからだ。

運転台内は四畳半程度の広さで、前方の運転台には緊張した面持ちで背筋を伸ばして椅子に座る運転士の長崎がいる。

その後ろに十河と信長が立っていた。

運転台内にはディーゼルエンジンのガラガラという音が響いている。

鉄で囲まれた国鉄製のディーゼル機関車の運転台に、鎧兜《かぶと》を着た武者がいるのは、なんとも不思議な光景だった。

ヘルメットを被り直した十河は、前を見据えながら信長に聞く。

「どうだ？　戦況は」

「悪いのぉ。丸根、鷲津砦は完全に堕《お》ち、敵は鳴海城を囲む砦にまで迫っておる」

そう言った信長だが落ち込んでおらず、むしろ自信に満ちあふれていた。

十河は率直に思ったことを聞いてみる。

「助けなくて良かったのか？　その二つの砦は」

信長は「なにを言っている？」とでも言いたげな顔を向ける。

「砦を守って佐久間らが討ち死にしたことに意味があるのじゃ。おかげで今川軍は前後に分断され、義元本隊の兵を減らすことが出来たのじゃ」

戦に勝利するために個々の犠牲は仕方がないという戦国の理屈は分かるが、それに共感することは十河には出来なかった。

信長は、前の窓から空を見上げてニヤリと微笑む。

「おぉ、天まで味方しようとしてくれておるぞ」

十河が見上げてみると、立ち上っていた入道雲が知らぬ間に崩れ、さっきまで晴れていた伊勢湾の上には、急速に鼠《ねずみ》色の雲が広がりつつあった。

「やはり、棟梁の言った通り『一雨来る……』ということか」

「尾張ではよくあることじゃ」

そこで信長が不敵な笑みを見せながら言い放つ。

「では、行くとするか……義元の首を獲りに」

十河は頷き、DD16形運転台の窓から顔を出す。

後方を確認すると、各車に乗っている國鉄職員が持っていた緑の旗を上下に振る。

その安全確認完了の合図を受けて最後尾に貨車に乗っていた杉浦が、銀の笛を口に咥《くわ》えて吹く。

ピィィィィという懐かしい国鉄の笛の音は、職員らの心臓に響く。

少し前までは飽きるほどに毎日聞いていた出発を告げる音だが、こうして一か月半ぶりに聞いてみると、思わず目頭が熱くなる。

苦労して真桶狭間線を開通させた喜びなのか、久しぶりに走る列車に乗れる感動なのか、それは分からなかったが、それぞれの胸に去来するなにかがあった。

「長崎、國鉄一番列車『燕《つばめ》』号出発だ」

最初に走らせる列車名を、十河は昨日「燕」と決めていた。

特急「燕」は国鉄が一九三〇年（昭和五年）から東京～神戸間で走らせていた最高時速九十五キロを誇った超特急で、国鉄の象徴的名門列車だったからだ。

十河の言葉を受けて、長崎は白手袋をした右手をフロントガラスへ伸ばす。

「前方よし！　出発進行！」

右手をブレーキレバーに戻し、足元にあるペダルを踏む。

フィィイイィィと甲高いＤＤ16形の気笛が、戦国の世に響き渡る。

「鉄の牛が鳴いておる」

信長は口角を上げてニヤリと微笑む。

長崎が慣れた手つきでブレーキを外し、左手で持っていたマスコンを手前に引く。

その瞬間、ＤＤ16形はゆっくりと動き出し、後ろに連結していた十両の貨車を一両ずつ慎重に引っ張り始める。

『おぉぉぉぉぉぉぉぉ‼』

まるで勝ち鬨《どき》のような歓声が後ろからドッと響く。

初めて見る列車に乗車する羽目になった兵らは、喜んでいる者もいれば、なにかに必死に祈っている者もおり悲喜こもごもといった様子だった。

全ての貨車が動き出した瞬間に、長崎はマスコンのノッチと呼ばれる出力レベルを1、2、3まで引き上げ列車を加速させていく。

まだ、時速十キロ程度だが、これでもジョギングより速いくらいの速度になる。

「これだけの巨体が……なんと速い！　まるで全力で走るかのようじゃ」

目を見張る信長に、十河は微笑んで見せる。

「こんなものではない。國鉄の実力はな」

長崎が更にノッチを上げると、列車はガクンと一気に加速した。

すぐに名古屋工場の敷地から出た列車は熱田神宮の前を通り抜けて、上野街道を東へ向かって時速二十五〜三十キロで走りだす。

この程度では原付の法定最高速度くらいで、國鉄の列車としては徐行運転と呼ばれる速度だが、全力疾走の木曽駒を軽く抜いてしまいそうな速さであり、戦国世界においては最も速い乗り物といってもおかしくなかった。

「ハハハッ、十河。言い直すとしよう」

初めて乗った信長は驚いたらしく、壁の手すりを握りながら足を踏ん張っていた。

「なにをだ？」

「まるで、空を飛ぶようじゃ」

信長にそう言われた十河は「そうか」と嬉しそうに笑った。

バラストを敷かずに枕木に直接レールを留めているだけなので、床下から響くガタンゴトンというレールの隙間《すきま》を跨《また》ぐ音は、現代に比べてダイレクトに車内に響く。

運転士の長崎は前を向いたまま、必死にマスコンとブレーキレバーを操作する。

ここまで細心の注意を払って運転したのは、動力車操縦者運転免許試験以来だった。

「本当に……大丈夫でしょうか？」

床下から続く激しい走行音に額からは汗が流れ、長崎はそれを白手袋で拭く。

「我々保線区の仕事を信じてくれ、長崎。この程度の速度なら絶対に大丈夫だ」

十河は長崎の肩に後ろから右手をのせ、ほんの少しだけ力を込めた。

「了解しました、十河検査長。信じますよ」

こうして走っている間にも空は急速に曇り始め、背後にある伊勢湾から雷鳴が響きだした。低い雷雲が空を光らせつつ、速い速度で戦場の空へ滑り込んでくる。

十分ほど進むと、最大の難所、米野木川、藤川に架かる二つの橋が迫ってきた。

川に架かる脆《もろ》そうな木造の橋に、長崎は怖くなって右手のブレーキを引いて橋の手前で一旦《いったん》停止しようとした。

「長崎、増速して一気に走り切れ！」

十河が橋の迫るフロントガラスを指差す。

「しっ、しかし……ＤＤ16の重量で、橋が崩落してしまったら……」

「落ちる時は落ちる。ゆっくり走ったところでな」

腹を括《くく》っていた十河は、必死に微笑みかけて続ける。

「そうなった時は全員一蓮托生《いちれんたくしょう》、國鉄の未来もない！」

長崎は十河に向かって頷き返す。

「わっ、分かりました！」

意を決した長崎は、マスコンを力強く引きノッチを更に上げる。

列車は急加速して、時速四十キロで橋に突入した。

橋に入った瞬間、下から響く音がひと際大きくなり、木造の橋のためにギシギシと丸太同士が擦《こす》れるような音が響いてくる。

それが錯覚なのか気のせいなのかは分からなかったが、列車に乗っている全ての者が、列車全体が船のように左右に大きく揺れるように感じた。

全身に寒気が走るような嫌な感覚だが、ここで止まるわけにもいかない。

十河も壁の手すりをしっかりと握り（一度だけでいいからもってくれ！）と祈った。

嫌な感じの軋《きし》む音は止まることなく続いていたが、約五十メートルの橋をＤＤ16形ディーゼル機関車が突破して対岸の岸へ無事に渡り切る。

後方が気になった十河は、窓から顔を出して見つめる。

「なんだ⁉」

次々と貨車がこちらの岸へ渡りつつあったが、最後尾車両のすぐ後方でパンと大きな音が鳴り、砂煙が舞い上がるのが見えた。

最後尾車両に乗っていた杉浦からは、渡り始めた橋桁《はしげた》の支柱の一つが折れるのがはっきり見え、それを合図にその支柱を支えていた次の柱が折れるのが見えた。

一つの部品の破損が、断続的な部品の破壊に繋がっていく。

「はっ、早く。早く走ってくれ！」

車掌の杉浦からはガラガラと崩れていく橋が見えているが、列車電話も無線もないために、車掌から運転士に対して伝えることが出来ない。

唯一の手段は笛を吹くことだが、列車が停車してしまうかもしれない。

杉浦は手すりをしっかり持ったまま、崩壊が迫る後ろを見つめるしかなかった。

橋が壊れつつあることは、貨車に同乗していた尾張兵らにも瞬時に伝わり、全員が固唾《かたず》を呑んで後ろを注目する。

「この貨車が落下してしまったら……」

最後尾の貨車が落ちれば、他の車両も道連れになると杉浦は思った。

ドミノ倒しのように橋の崩落が続き、石田が補強した単管パイプも一緒に川へ向かって崩れ落ちていく。

列車の振動によって橋の破壊が加速され、強度を失った橋は激しく揺れ出して、ついには崩壊の波が一気に背後に迫ってくる。

そのままであれば橋の崩壊に、後部の数両が飲みこまれそうだった。

「落ちる！」

川への落下を覚悟した杉浦は、手すりをしっかり握った。

その瞬間、列車が突如急加速を始めて、崩壊から逃げるように走り出す。

「……長崎さん」

先頭を走る赤いディーゼル機関車を見つめながら杉浦は安堵した。

運転台では長崎がマスコンのノッチを思いきり手前に引いていた。

「渡り切れ！」

長崎は後方を見なかったが、マスコンから伝わってくる微妙な振動から、木橋が崩壊しつつあることに感づき、一気に加速することで難を逃れようとしたのだ。

ディーゼル機関車の四つの動輪が、キンと空転しながらも急速に回転数を上げ、レールとの間で火花を散らしながら、急加速した。

後方貨車のあちらこちらから『おぉぉ』という、悲鳴に似た低い声が聞こえてくる。

急激にスピードを上げたことで、貨車に乗っていた尾張兵は後ろへ押され、まるでラッシュアワーのようになっているだろうが、今は耐えてもらうしかない。

運転台にいた十河と信長も、必死に手すりを持って踏ん張った。

必死で逃げようとする列車に、橋の崩壊の波も速度を上げて追いすがってくる。

「もう少しです！」

長崎はマスコンを全速にしたまま列車を走らせ、ついに杉浦の乗った最後の貨車が対岸に跳ねるようにして乗り上げ、やっと無事に二つの橋を渡り切った。

それが合図だったかのように、大木が倒れるようなゴォォと大きな音がして、二つの川に架かっていた橋は、濛々《もうもう》と水煙をあげながら崩れ去っていく。

全てが崩壊したように見えたがレールと枕木だけは残り、川を渡るつり橋のように宙吊《ちゅうづ》りになって残っていた。

無事に渡り切ったところで、十河は信長を見る。

「すまない。橋を壊してしまった」

「あんなもの、一月もあれば架け直せるわ」

信長は思い切り笑い飛ばした。

川を渡ってしまえば、桶狭間駅までは鳴海街道沿いに走るだけだ。

信長の支配地ではない地域に入ると、街道の幅はかなり狭まった。

その時、真っ黒に染まった空が巨大なフラッシュを浴びたようにピカッと光り、地響きを伴った巨大な雷鳴が桶狭間の地に響き渡る。

フロントガラスには雨粒が当たり始め、長崎は旋回窓を動かす。

旋回窓は円形の窓を断続的に高速で回転させるような仕組みで、こうしておくことで遠心力によって雨滴を吹き飛ばし、激しい雨の中でも、前方視野を常に確保しておくことが出来た。

雨は三分もしないうちに、滝の中を走るような凄《すご》い量に変わる。

「恵みの雨じゃ」

ニヤリと笑って信長が見上げた空からは、正に神が空から桶《おけ》でぶちまけたかのような雨が降り注ぎ、桶狭間一帯が激しい雨音に包まれる。

周囲の音はなにも聞こえなくなり、五十メートル先も見えないほどだった。

そんな激しい降雨の中、ついに列車は終点の桶狭間駅に到着する。

信長に約束した通り、名古屋工場を出てから、四半刻の三十分で到着していた。

ディーゼルエンジンの音が、丘の上に陣取っていた今川本陣に聞こえたかもしれないが、あまりの雨音で誰にも気づかれることはなかった。

停車した瞬間に後方の貨車から、尾張兵が一斉に地面に飛び降りていく。

DD16形のデッキから飛び出した小平太に、後ろの貨車に乗っていた磯崎が叫ぶ。

「足に気をつけろ！　小平太」

小平太にはその意味が分からなかったが、首を傾《かし》げながら会釈する。

「御意にござる」

全神経を集中して運転してきた長崎は、肺の空気が全て出てしまうくらいのため息をついて、そのまま運転台のコンソールにバタンと突っ伏した。

「やっ……やりました」

その瞬間、フッと笑った信長は、運転台の扉を開いてから振り返る。

「十河、長崎、見事であった！」

「我々國鉄は、戦は手伝えん」

十河が敬礼で見送ると、信長も見よう見まねで右手を額にあてて答礼する。

「戦はわしらの仕事よ。よく見ておれ！」

ディーゼル機関車のデッキに出て、信長は地面へ向かって舞うように飛び降りた。

史実の記録によると、この時の降雨で沓掛峠にあった巨木が倒れたとある。

それほどまでに激しい雨が、信長の攻撃時刻に合わせて降ったのだった。

DD16形の前に立った信長の元に、約二千の尾張兵が三間半の朱槍を立てて持ちながら一斉に集まってくるが、鎧の音も足音も雨の中へ消えた。

「目指すは今川義元の首ただ一つ！　他の者に目もくれるな。此度《こたび》の戦では逃げる者は追わず、斬《き》った者の首は捨て置け！」

それは織田信長も初めて発する命令だった。

戦の際に敵を斬った場合は、身ぐるみを剝《は》いで首を落として持ち帰り、戦後の論功行賞に持ち込むのが常だ。

だが、今回の戦の目的は、今川軍の殲滅《せんめつ》ではなく今川義元を亡き者にすることのため、信長は突撃速度が落ちてしまう首斬りを禁じたのだ。

桶狭間駅を背にした信長は、南にある小高い丘を腰の刀を引き抜いて指す。

その時、空が鮮やかに光って、稲妻が近くの大木に落雷する。

同時に聞こえた雷鳴が、腹の奥底にドンと響く。

「突撃っ‼　わしに続け――‼」

『おぉぉぉぉぉぉぉぉぉ‼』

信長のためなら命を落とすこともいとわぬ馬廻衆二千が、地響きのような鬨の声を上げながら、キレイな密集隊形を作って後ろから追いかけていく。

尾張の兵は弱兵だが銭で雇われ、兵として暮らしているため訓練が行き届いている。

他の国の兵は農閑期に銭も払わずに集めるので、集団での訓練は出来ないのだ。

一対一なら兵の武器の扱いの上手さが問題になるが、大量の槍で槍ぶすまを作って押し出せば、個々の兵の強さは意味をなくす。

あっという間に桶狭間駅から百メートルを駆け抜けて街道まで走り、今川の家紋が描かれた天幕が頂上に張られた緩やかな丘を登りだす。

丘は全速で駆ければ百を数えるうちに登りきれるような小さな丘陵。

登りに入った瞬間、尾張兵は朱槍を前に構え槍ぶすまを作り、信長を中心に水滴のような紡錘陣形《ぼうすいじんけい》を作って共に走り出した。

「すごい、すごいぞ！　小平太」

その中にあった新介は、並んで走る小平太に興奮気味に言った。

「なにが凄いのじゃ？」

「これが鉄道の凄さじゃ！」

「鉄道の凄さ？」

走りながら首を傾げる小平太に、新介は周囲の織田兵を指差す。

「見よ、この突撃の勢いを！　皆、いつものように疲れておらぬのだ」

「そういうことか」

新介に言われて、小平太は改めて気がついた。

いつもなら徒歩移動しなくてはいけないので、戦場に着いた頃に兵は皆疲弊しており、すぐに突撃を行うことなどは不可能だった。

戦をするなら一時的に陣を張って休憩し、疲労回復が図られた後に戦闘が開始されるのが常だったのだ。

それが、戦場の直前まで鉄道を利用することで、兵らは疲れることがなくなり、下車してすぐに突撃を開始出来た。

これは奇襲を行う者にとっては画期的なことだったのだ。

一人の兵もいない丘陵地帯を尾張兵が必死に駆け上る。

この時点で今川の兵は、なにが起きているのか把握出来ていなかった。

それだけ信長の兵の展開が速かった。

丘の中央がガラ空きになっていたのは「せっかくの宴が水の泡だ」と、周囲の木の下へ酒や食い物を持って移動して、雨風をしのいでいたからだ。

信長が送りつけた供物には酒も大量に含まれていたので、兵らは始めてしまった宴を切り上げることが出来なくなっていたのだった。

ここまで来れば奇襲は成功であり、士気上がる尾張兵は雄叫《おたけ》びをあげて突撃していく。

「今川義元を探して首を獲れ！」

雨と雷鳴の中で信長は叫び、馬廻衆は密集隊形で頂上の天幕目指して突き進む。

意味も分からず木の下から様子を見に出てきた今川兵を槍で刺し、その首を獲ることもなくひたすらに前へ前へと突進して行く。

ある者は出会い頭に槍を腹に突き立てられ、ある者は首を一振りで斬り落とされた。

義元の首以外は「論功行賞の対象にならぬ」と尾張兵は倒れた兵を踏み越えていく。

丘に邪魔となる敵兵がいないために、百も数えぬうちに義元の本陣が迫ってきた。

見れば本陣を警護する者達でさえ、周囲の木の下で雨宿りしている始末。

今川の兵達は豪雨の中から突如現れた武者を尾張兵とは思わなかった。

目を凝らしてもハッキリ見えず、迫って来る音もよく聞こえなかったからだ。

そもそも信長は「熱田にいるはず」と、今川義元を含めて今川軍の誰もが考えており、こんな時間のこんな天候の下での敵襲など予測もしていなかったのだ。

義元の本陣直前で、やっと、状況を把握した今川兵がバラバラと出てくる。

「上様をお守りしろ‼」

そんな悲鳴に似た声が聞こえるが、周囲は混乱の極みにある上に、多くの者が休憩のために兜や鎧を脱いでおり刀や槍も手を離れている。

その上、酒に酔っていた。

酔っ払いながら激しい雨の中へ鎧もなしに躍り出た今川兵は、尾張兵の槍ぶすまに次々に串刺《くしざ》しにされていくだけで、組織的な抵抗は不可能だった。

三間半の槍を持った敵兵を倒すには四間の槍がいる。

だが、東海一の槍を持つのは織田信長の尾張兵であり、それが訓練された針鼠《はりねずみ》のような陣形となって突撃してきたら、どんな槍の名手でも勝ち目はない。

無残な死に方をする者が出れば、その周囲に動揺が広がる。

織田軍の強さを素早く見抜いた一人の武将が、怯えている今川兵に命ずる。

「下がれ、あの槍ぶすまに突っ込んではならぬ」

戦国時代だろうが、誰だって自分の命は失いたくない。

それは混乱している戦場において、雪崩《なだれ》を打っての敗走に繋がる。

最前線の状況が分からない後方の陣夫達が命惜しさに早々に逃げ出し、それを見ていた足軽達も、身の危険を感じて次々に逃走を始めてしまうからだ。

たちまち今川本陣内は大混乱に陥り、同士撃ちが発生し陣夫や足軽は逃げ出し始め、三河へ続く裏の街道方向へ後退する者が一気に殺到する。

こんな時は誰も他人のことなんて構ってはいられない。

今川方の動きは既に後退などではない、潰走《かいそう》と言っていい状態だった。

「逃げゆく者は捨ておけい！」

そう叫ぶ信長は力任せに今川本陣を押しまくったが、さすがに中央を守る側近の今川兵は強く、なんとか尾張兵の突進を直前で食い止めていた。

今川義元の警護を担当していた旗本の江尻《えじり》親良が必死に守ろうとする。

「上様、信長の本隊の奇襲です。後ろへお下がりください」

「なっ、なぜじゃ⁉　なぜ信長の本隊が突然眼前に現れたのじゃ！」

突然受けた奇襲で、総大将の今川義元は完全に我を失っていた。

信長軍が突然現れた理由は、旗本の親良にも皆目分からない。

「わっ、分かりませぬ……。信長本隊は寸前まで熱田神宮にいたはず」

だが、信長の旗印を背負った大量の侍が、目の前に殺到してきていた。

「熱田から今しがた駆けつけて来た兵が、このように勢いがあるわけがなかろう！　きっと、桶狭間のどこかで伏兵となっておったのじゃ！」

「いや、しかし……このような大軍を伏兵にすることなど……」

小規模な兵を窪地《くぼち》や林に隠すなら分かるが、三間半の長槍を持つ数千もの完全武装の兵を隠しておくことなど不可能。

それに装備していては歩くことにも不便を生じる鎧を、全てつけたまま熱田から走ってきた兵が、ここまで疲弊していないとは考えられなかった。

今川方も、街道付近はしっかりと索敵《さくてき》していたのだから、これだけの兵を見過ごすわけがない。

輿の上にあった義元は、戸惑いながら周囲の者に指示を出す。

「いっ、急いで輿を上げよ」

プライドの高かった義元は「急いで逃げよ」とは、まだ命じられなかった。

輿を持つ四人の兵は『はっ』と手に力を入れて肩まで持ち上げた。


正面への突撃が阻まれたことで、小平太と新介は手持ち無沙汰《ぶさた》になっていた。

義元の首にしか恩賞が出ないとなれば、全員が正面へ集まるのは自明の理だ。

小平太は今川の足軽から突かれた槍を寸前にかわして、持っていた長い槍を遠心力に任せて振り回し、勢いで右手を一撃で跳ね飛ばす。

傷口からは血しぶきが生まれ、口から泡を吹きながら今川の侍が倒れていく。

「どうする？　これでは手柄が立てられぬぞ」

横で戦っていた新介は、侍が集中し過ぎて渋滞気味の本陣正面を見つめる。

「今川義元は、この隙に後方から逃げ出すのではないか？」

そこで二人は頷き合う。

「では、我らは左から回り込むとするか」

「そうじゃな」

二人は本陣正面から離れ、丘の中腹を左へ回り込むようにして走って行く。

単独行動をとれば敵からも狙われるが、二人は槍の扱いに長《た》けていた。

「いやぁぁぁ！」

木の陰から突如現れた今川兵が、新介の顔に向かって槍先を突き出す。

だが、冷静に自分の槍を捨てた新介は、敵の矛先を頬《ほお》の寸前でかわし、止まることなく走り込みながら刀を抜き、懐《ふところ》に飛び込んで左下から右上へ向かって斬り上げる。

「があああああっ」

絶叫した足軽の体がざっくりと斬れ、おびただしい鮮血が流れ出して返り血が降りかかるが、新介は怯《ひる》むことなく一歩踏み込み腹に刀を突き立ててトドメを刺す。

次の瞬間、今川の足軽は絶命して、体を痙攣《けいれん》させながら静かになった。

刀を引き抜いた新介は血を払うために勢いよく振り、抜身《ぬきみ》のまま走り出す。

「どこだっ、義元はどこにおる！」

「もう、桶狭間から逃げてしまったか⁉」

新介と小平太は焦りながら、木立の斜面を駆けた。

激しい雨の中、本陣の左でも右でも敵と味方が入り混じりながら大混戦となっていたが、どこでも奇襲に成功した尾張兵が優勢で押しまくっていた。

ただ、信長の目的は敵勢力の撃滅ではなく、今川義元の首を獲ることだけ。

いくら戦いが有利に展開しても、義元を取り逃がしては意味がない。

殺気を感じた小平太が身を屈《かが》めると、ヒュンという音と共に放たれた矢が当世袖《とうせいそで》に突き刺さった。おかげで体への被害はなかった。

その時、小平太は雨の音の中に、声を聞く。

「義元様、こちらへお逃げください！」

その声に確信は持てなかったが、小平太は更に林の左の奥へ走った。

「こっちじゃ、新介！」

「なにゆえに？」

そう言いながらも、新介は小平太を信頼して追いかける。

「声がしたのじゃ」

その時、木立が消えて視界が広がり、丘の後ろにあった見通しのよい場所に出た。

新介と小平太の約二十メートル先に、四人の供によって担がれた鮮やかな漆塗《うるしぬ》りの輿が、丘の中腹を下っていくのが見えた。

「義元、見つけたり！」

小兵太が大声で叫び、輿を中心に敵味方が入り乱れて争っている斜面を駆け下る。

輿に乗った義元を追いすがる尾張兵から守ろうと、グルグルと回転させながら四隅にいる供の者が槍や刀で戦っていた。

「親良、引け！　沓掛城まで……いやいや、駿府まで引くのじゃ」

輿の上で義元は近侍《きんじ》の江尻親良に叫ぶが、親良にも余裕はない。

「ここは私が死守するでござる。上様は一刻も早くお逃げを！」

迫って来る尾張兵の槍を次々に叩き折りながら、そう言うだけで精一杯だった。

今川義元が逃げる時にも輿に乗っていたのは、肥満から長距離を走ることもままならず、乗馬が不得意でしばらく乗っていなかったからだ。

輿から降りれば、その時点で死に直結してしまう。

親良は丘の下に見える街道を目指していたが、まだ、丘陵の中腹くらいだった。

守る四人の供は片手が塞《ふさ》がった状態で尾張兵と戦いつつ、輿を傾けることなく斜面を一気に下るのが難しく、完全に足止めされた状態になってしまっていた。

時間が経《た》てば今川兵が周囲に増えると親良は考えていたが、あいにく次々に裏の丘陵へ出て来るのは、朱色の槍を抱えた尾張兵ばかりだった。

丘陵の上からは「義元はこっちぞ」と、更に尾張兵が降りてきているのが見える。

そんな最中、輿に小平太と新介も迫り、旗本の親良がそっちへ気をとられた。

その瞬間、ズブリと鈍い音がして、親良の脇腹に尾張兵の槍が深々と突き刺さる。

尾張兵は親良に刺した槍先に一層力を込めて押し込み、内臓を引っ掻《か》き回す。

吐血で鎧は赤く染まり、声を発することさえ苦しくなる。

「うっ……上様……。早くお逃げに……なって……」

親良は自分に刺さった槍を両手で持って前向きに倒れ、斜面をうつぶせで落ちていく。

その瞬間、新介は親良が消えた隙を狙って、刀を握りしめて一気に飛んだ。

「小平太、義元の首はわしが頂くぞ！」

「そうはさせぬっ」

義元を目前にして武勲が立てられなかったのでは悔いが残ると、小平太も続くようにして斜面から飛び出して輿に迫った。

新介が着地に失敗してまごついているうちに、小兵太は素早く体勢を整えて「いゃぁ！」と輿の上の義元目がけて槍を突き出す。

だが、その突きは供の刀によって方向を変えられ、槍先が義元の脇腹を突き抜け着物の切れ端が宙に舞うが、致命傷にはならない。

反対に横の角を守っていた供が槍を振り、矛先が小平太の足元へと迫った。

その時、小平太の脳裏に、磯崎の「足に気をつけろ」という言葉が浮かぶ。

いつもなら突っ込んでいたところだが、小平太は足に力を入れて後ろへ飛び去った。

おかげで槍先は寸前の所を通り抜ける。

もし、あのまま前へ飛び出していたら穂先は膝《ひざ》に命中して、大怪我《おおけが》をしてしまっていたところだった。

命拾いした小平太は（なぜ磯崎殿は、あのようなことを……）と思ったが、すぐに首を左右に振って目の前の戦いに集中する。

「義元を直接狙えぬならば！」

槍をグルリと半周回して短く持った小平太は、前方右隅の供の喉《のど》を狙って突く。

至近距離から打たれた喉への突きは、さすがに避けられない。

グサリと刺さった瞬間に大量の血が喉から噴き出し、絶命した今川兵の手から瞬時に力が抜け、雨が降り注ぐ宙を見上げながら膝から崩れ落ちた。

四人で担ぐ輿で一人を失えばバランスが崩れる。

一気に輿は右前に向かって傾き、義元は地面に滑り落ちて斜面を横に転がった。

ようやく義元がうつぶせで止まった先には、なんと新介が刀を振りかぶって待ち構えていた。残った供三人は輿を投げ捨て「上様」と駆け寄るが、新介の斬撃《ざんげき》はそれより早かった。

「義元、覚悟っ」

新介は渾身《こんしん》の力を込めて、義元の首筋に向かって短くも鋭く刀を打ち下ろした。

周囲の者が息を呑んだ瞬間、美しい弧を描いた刀は義元の首筋に深くザクリと斬り込み、一撃で胴と頭が永遠に離れることになった。

それを目撃した今川兵は啞然《あぜん》となって動きが止まり、近くにいた尾張兵によって瞬時に斬り捨てられてしまう。

新介は足元の義元の髪を掴《つか》み、周囲の今川兵に見えるように高々と上げる。

「義元が首！　毛利新介が獲ったぞ――‼」

その知らせは一瞬で戦場にいた全ての兵に伝わる。

数秒おかずして尾張兵からは喜びの声が次々に巻き起こり、やがて『うおぉぉ』と鬨の声が桶狭間一帯に響いた。

それが合図となって今川兵は、完全に戦意を喪失する。

雪崩を打って三河方面へと潰走し始めるが、尾張兵達は逃げていく者を追いかけてまで斬ることはしなかった。

大喜びしている尾張兵の横を、遠慮がちに今川の足軽らが走っていく。

小平太は友である新介の武勲を労《ねぎら》った。

「よくぞやったな。新介」

「何を申す。この首は小平太の働きがなくては獲れなんだ。つまり二人の首じゃ」

そう言いながら返り血まみれの顔で微笑む新介に小平太は感謝する。

「かたじけない、新介」

その時、激しく降っていた雨が突如上がり、空からは日の光が差し込んだ。

二人が見上げた丘の上に、ゆっくりと信長が現れる。

信長の兜が太陽の光を受けてギラリと輝く。

小平太と新介にとって、その姿は人のものではなく、神々《こうごう》しかった。

「新介、小平太、大義であった。皆の者、長居は無用、引きあげじゃ！」

刀を振って鞘《さや》に収めた信長が桶狭間駅へ向かって走りだすと、周囲にいた尾張兵達は走りながら集結して信長の後を追いかけた。

今川義元が本陣を張っていた山頂付近を越えて、信長の軍勢が戻ってきたのを見た時、國鉄職員は全員心から喜んだ。

信長が戦に勝ったということもあったが、勝利するための兵を無事に送り届けることが出来たという鉄道マンとしての満足感でもあった。

それがたとえ戦場へと向かう列車だとしても、十河らは「お客様を時刻通りに運ぶ」という鉄道事業に従事していられることが嬉しかったのだ。

十河は運転台から降りて、ゆっくりと歩いて戻ってきた信長と手を取り合う。

「今川義元を倒したぞ、十河」

「無事でよかった、信長」

お互いの顔を見合って二人は微笑み合った。

「橋が落ちた。すまんが熱田へは列車では戻れん」

苦笑いする十河に、信長はフッと笑って東を指差す。

「そんな心配は無用じゃ。熱田より馬を呼び、我らは今より沓掛城まで獲る」

「この機に領土を拡張するのか」

信長はそこで十河を見る。

「それで十河。この後、國鉄はどうする気じゃ？」

それについては、既に十河には考えがあった。

「一つ許可を頂きたいことがある」

「なんじゃ、申してみ」

信長は十河がなにを言い出すか、楽しみにしているところがあった。

「真桶狭間線は片づけ、この資材を使って熱田より清洲まで線路を敷きたいのだ」

「熱田より清洲まで……じゃと？」

信長が首を傾げて聞き返したのは、戦地へ兵を迅速に送り込み奇襲をかける道具として、列車というものが役立つことは理解したが、そんな鉄道を平和な尾張領内に敷く意味が分からなかったからだ。

「熱田から清洲まで敷いて、どのような良いことがある？」

真《ま》っ直《す》ぐに信長を見つめた十河は、淀《よど》むことなく言い放った。

「清洲の朝食《あさげ》に出るようになる。早朝に獲れた熱田港の魚がな」

近くにいた小平太も新介も、それになんの意味があるのか分からなかったが、信長は鉄道の別な有効性を直感で理解した。

フフッと笑った信長は、やがて口を大きく開いて思いきり笑い始める。

「それは許可してやろう、十河。わしの朝食に熱田の魚を毎日届けよ」

「分かった。それは約束しよう」

信長は十河に迫って聞く。

「して？　そのせんろは、なんと名付けるつもりじゃ？」

「真東海道本線だ」

迷うことなく十河は言う。

「それもいい響きの名じゃ」

信長は再び笑い出し、その声が桶狭間駅に大きく響き渡った。

俗に言う桶狭間の戦いは、史実と少し違った形だが信長の勝利に終わった。

今川軍は結局総大将の今川義元を始め、松井宗信《まついむねのぶ》、井伊直盛《いいなおもり》、久野元宗《くのうもとむね》などという名だたる今川家の家臣の多くを失っただけで、なんら得るものはなかった。

二万五千を誇った軍団は霧のように消え失《う》せ、駿河へ逃げ帰ることになった。

鳴海城を攻めていた松平元康は今川義元の死を知ると、駿府には戻らずに帰り際に岡崎《おかざき》城に入り、そこから今川の支配を逃れて三河の領主として動き出した。

勝利して士気の上がった尾張兵は、義元が桶狭間に入る直前にいた沓掛城まで領地を拡張して、そこから向こうの地は松平元康に任せることとした。

尾張、三河国境の敵勢力を片づけた信長が清洲へ戻ると、逃げ隠れしていた日和見《ひよりみ》の住民らは急いで町へ舞い戻り、清洲は再び活気を取り戻した。

唯一抵抗を続けていた鳴海城は、史実通り義元の首と引き換えに開城され信長のものとなった。おかげで米野木川、藤川に架かる橋付近の治安は安定し、二週間ほどの期間で地元の者が総出で架け直した新たな木造橋を通って、無事にＤＤ16形を始めとする十両の貨車を名古屋工場へ戻すことが出来た。

その後、十河は正式に信長の家臣の一員となり、國鉄職員らも全員召し抱えられて、破格の家禄《かろく》を受け取れるようになった。

今川義元の首を獲った新介は、その功績から信長親衛隊の「黒母衣衆《くろほろしゅう》」に名を連ねることになり、小平太の方は家禄が大幅に引き上げられた上で、十河の臣下という扱いで名古屋工場に引き続き住み込むことになった。

今川義元を倒したことで、尾張にはしばらく平穏な時間が流れるようになる。

その時間を利用して十河らは真桶狭間線の撤去を行い、その資材を利用して熱田から清洲へ向かって真東海道本線の建設を行うことにした。

六章　美濃攻略

真東海道本線の熱田《あつた》から清洲《きよす》間は、永禄《えいろく》三年十月二十五日に開通した。

十河《そごう》は「國鉄守《こくてつのかみ》」という名を信長《のぶなが》より与えられ支配人となった。

真桶狭間《しんおけはざま》線よりも三倍近く月日が掛かったのは、信長の命により街道に沿って新たに鉄道専用の土地を確保し、大規模な土木工事を行ったからだ。

また、約三キロおきに駅が作られ、北より清洲、枇杷島《びわじま》、那古野《なごや》、金山《かなやま》、熱田と南へ向かって並び、熱田より延長された線路が名古屋工場に引き込まれた。

線路を完成させたことは良かったが、問題は列車の方だった。

桶狭間の時は安定性を重視してディーゼル機関車のＤＤ16形を使用したが、燃料である軽油は工場直下のタンクの中にあるだけで、これを使い切ったら動かなくなってしまう。

そこで、普段の運用には、蒸気機関車のＣ11形が用いられることになった。

ＤＤ16形に比べれば出力が小さく扱いも面倒だが、燃料については極端なことを言えば燃える物ならなんでもいい。燃焼効率から言えば石炭がベストだが、木材、木炭などを燃やして蒸気を作りだすことが出来ればとりあえず走る。

ただ、燃焼温度が低いと立ち上がりに時間がかかり、出力も更に低下することになり、荷物と人を満載するなら長物貨車を五両牽《ひ》くのが限界だった。

「確か～長久手《ながくて》から亜炭なら採れたはずじゃぞ」

歴史に詳しい磯崎が言うことには、尾張《おわり》の東側の長久手には「亜炭鉱」というものがあり、江戸時代には採掘されて家庭用の燃料として使用されていたらしく、この石炭なら深掘りしなくても手に入れられるとのことだった。

亜炭とは古来、イワキとも呼ばれ、世界ではリグナイトと呼称される。

普通の石炭と比べて炭化度が低く、水分の含有量が多いために熱量は低く、砕けやすく粉塵《ふんじん》も大量に発生する。

十河が信長に頼み込んで採掘作業を開始したが、まだ、毎日の運行を支えられるだけの採掘量が確保出来ない状態だった。

そこで國鉄では石炭、亜炭、木炭、木材を混合して走らせることにした。

蒸気機関車は毎日の整備が大変なのだが、

「整備区の家禄《かろく》を多くしてくれりゃ～やってやるぜ」

と、整備区の二人が納得し、毎日蒸気機関車のメンテナンスを行っていた。

下山達の家禄は信長からもらえなかったが、運賃収入で十分に賄えた。

清洲から熱田までの約十キロの運賃は、大人一人百文。

米一キロが十文で買えるのだから、百文と言えば十キロも買える金額だ。

もちろん戦国時代としても百文は高額なのだが、明治に横浜から新橋まで通った最初の鉄道の料金は、最低の三等でも三十七銭五厘であり、これは当時の米が約十キロ買える値段だったことから、十河はこの運賃にしたのだ。

現代の感覚で言えば五千円程度で、明治の頃《ころ》なら同じ値段でかけそばを七十五杯食べられたと記録にある。

十河がこの値段について信長に説明すると、

「そんなに銭を出して、乗る者などおるか？」

と、あざ笑ったが、実際には毎日多くの者が駅に詰めかけた。

桶狭間での勝利は「鉄道のおかげらしい」という噂《うわさ》が広まったこともあって、領内はおろか畿内《きない》各所からも「是非乗ってみてぇ」と客が集まってきたのだ。

朝に一往復、昼過ぎに一往復走らせるような過疎ダイヤだったが、おかげで國鉄は初月から膨大な黒字を叩《たた》き出すことに成功していた。

國鉄が利益を出す以上に、真東海道本線は尾張に大きな経済効果をあげた。

まず、熱田から清洲への線路建設工事は、他国のような無給労働ではなく信長が銭を出したことで、周辺地域で手の空いていた農家の次男、三男といった労働者が集ってきて工事現場で働き、そういった者が稼いだ手当を使う尾張の町が潤った。

また、工事終了後は尾張が気に入って足軽などに志願する者も多く、桶狭間で消耗した兵の数を急速に回復させることが出来た。

そして、十河の狙いが見事に的中する。

尾張の国を上から下まで鉄道が貫いたことで、物流が一気に加速した。

尾張では北部の物が、四半刻《しはんとき》（約三十分）ほどで南部まで届けられる。

また、鉄道は勢子《せこ》では考えられないような大量の物資を、一気に運ぶことが出来るから人件費は低く抑えられるのだ。

元々、信長は領内の関所を全《すべ》て廃止し、自由な商売を行わせることによる経済発展を目指していたこともあり、鉄道はその政策を大きく後押しすることになる。

信長の庇護《ひご》の下、國鉄は熱田から清洲までの全ての関所を無視出来た。

運賃は一回百文と言えども、今まで街道沿いの関所で払っていた関銭は払わなくていいのだから、商人にとっては十分にメリットがあったのだ。

関銭がとれなくなったことで自然と関所の数は減り、更に商売が活気づく。

農民から米を集めて国力を蓄えるのでなく、織田《おだ》家は父の信秀《のぶひで》の時から熱田や津島《つしま》といった伊勢湾《いせわん》の船運を支配することで莫大《ばくだい》な富を得ていたが、更に真東海道本線が作られたことで、陸においても銭を得る手段を得たのだ。

國鉄による多くの経済効果に、信長は大いに満足していた。

ただ、國鉄の方には悩みがあった。

一番の問題は、タイムスリップ時に持ってきたレールを全て使い切ってしまったことだ。資材置き場にあったレールと名古屋工場内に敷かれていたレールを全てかき集めて敷いたが、清洲までの十キロ程度が限界だった。

この時代にもたたら製鉄によって、鉄の生産は行われている。

だが、その量はたかがしれており、レールを生産するような規模も施設もない。

レールを作れるような製鉄は、史実では産業革命を待たねばならず、明治政府でさえ八《や》幡《はた》製鉄所が完成するまでは、レールは輸入品を使用していたくらいの物なのだ。

この「これ以上レールがない」という状況は、保線区にも小さな影を落とす。

毎日二往復走らせる運転区の長崎と、運転を教わりつつ機関士補助をしていた車掌の杉浦は運行のために忙しかった。

だが、保線区の者は敷設《ふせつ》工事が終わってしまうと、日々の線路メンテナンス作業しかなく、線路巡回をして不具合があれば直すだけだ。

今まで数十キロという線路管理をしてきた名古屋工場保線区の者にとって、十キロの線路など「あっという間に終わる作業」といった規模で、ハッキリ言えば暇になってきてしまっていた。

そんな時、整備区の下山と加賀山が、

「戦国時代にこんなことやっていてどうするんだよ。俺《おれ》達は戦って出世するぜ」

と言いだし、保線区からも体力に自信のあったマッチョの藤井と、サバゲー趣味の仁杉《にすぎ》が同意して、尾張軍の足軽としての訓練を受け始めた。

まだ國鉄で生活していることが多いが、四人は次第に鎧《よろい》を着ている時間が長くなり、兵として清洲城に呼ばれることが増えつつあった。

今川義元《いまがわよしもと》に勝利した信長は三河《みかわ》で独立した松平元康《まつだいらもとやす》との清洲同盟を結んで後方の憂いを無くしたことで、美濃《みの》攻略に取り掛かっていた。

真東海道本線建設中の永禄三年の六月と八月にも、美濃への越境攻撃を行ったが、結果的には領地を切り取って勢力下に置くことは出来ず、斎藤《さいとう》氏に敗北してしまい仕方なく尾張へ戻ってきていた。

冬の間は控えていたが、春となり再侵攻が行われた。

真東海道本線が開業して約半年後の永禄四年四月上旬のある日。

十河は清洲城の信長御前の広間での戦評定《いくさひょうじょう》に出席していた。

正面には信長が座り、左右には柴田勝家《しばたかついえ》、佐久間信盛《さくまのぶもり》といった武将が並び、後方には前田利家《まえだとしいえ》、佐々成政《さっさなりまさ》、新介《しんすけ》といった馬廻衆《うままわり》が数十名控えている。

十河は末席だが武将の一人として出席を許されていた。

周囲の者は色とりどりの綺麗《きれい》な小袖《こそで》を着ていたが、相変わらず十河だけは紺の国鉄の制服に身を包んでいる。

そんな場の信長の前で、床に頭を擦《こす》りつけて謝っている一人の男がいた。

「なにをやっておるか、猿！」

信長によって投げつけられた湯呑《ゆの》み茶碗《ちゃわん》は、男の横の床で木っ端微塵《こぱみじん》に砕け散った。

部屋の空気はピンと張りつめ、緊張感が走る。

「はっ、申し訳ございませぬ〜〜〜」

語尾を伸ばしながら男は必死に謝った。

「猿、貴様は『自分にならら出来る』と申したではないか！」

「はっ、確かに御屋形《おやかた》様と、そうお約束したにございます〜〜〜」

床につけた額から血を流しそうになりながら謝罪を続けていたのは、清洲城の壁の修理を迅速に仕上げたことで、最近、足軽頭になっていた木下藤吉郎《きのしたとうきちろう》だった。

その顔が猿に似ていることから、信長は木下藤吉郎をそう呼んでいた。

元々尾張の中村《なかむら》という村に生まれた農民だったが、信長の馬の世話係からスタートして、それぞれの職務において高い業績を叩《たた》き出して出世してきた男だった。

一月ほど前に行われた戦評定において、

「美濃を攻略するには、洲俣《すのまた》に足掛かりとなる城を築かねばならぬ」

と、信長は臣下の前で言い放ったが、それにすぐに応《こた》える武将はいなかった。

美濃の洲俣は、長良川《ながら》、犀川《さい》、五六川《ごろく》に挟まれた三角州にあって、交通、戦略上の重要拠点となっていた。

また、そこは美濃の斎藤氏の居城稲葉山《いなばやま》城にも近い場所であったのだ。

無論、斎藤氏もそれはよく承知しており「洲俣を美濃の喉元《のどもと》」と位置付け、常に警戒していたので、尾張軍が侵攻してくれば大軍をもって奪還しに現れた。

この地に城を持たぬ信長は、何度美濃に侵攻しても占領を続けることが出来ず、結果的に清洲まで撤退することになってしまっていたのだ。

最初は武将の一人である佐久間信盛に命じたが、二日後に現れた美濃軍からの攻撃を受けて失敗。代わって猛将柴田勝家に命じたが、やはり二日後に現れた斎藤氏の大軍によって洲俣から追い払われていた。

この時代において城を築いて住めるようになるには、簡易なものでも二か月以上の期間が必要であり、そんな悠長な土木工事を斎藤氏が許すはずもなかった。

信長配下のほとんどの者がうつむいて返答出来ずに静まり返る中、最も後ろに座っていた木下藤吉郎が「わたくしめに、やらせて頂きたい」と手を挙げたのだ。

信長は「ほぉ」と不敵に笑い藤吉郎に任せることにした。

「やって見せよ、猿」

信長からの命を受けた藤吉郎は、洲俣城建築に挑んだ。

当時の藤吉郎の部下は、蜂須賀小六《はちすかころく》、前野長康《まえのながやす》といった者を中心に二千名ほどしかおらず、佐久間信盛や柴田勝家と同じようなやり方では、絶対に洲俣に築城することは不可能だった。

そこで藤吉郎は洲俣城建築用の木材を長良川上流で切り出し、それを筏《いかだ》にして組んで川を下り、洲俣で組み立てるという作戦を思いついた。

だが、実際に行ってみると、そう簡単にはいかない。

長良川は度々洪水を起こす暴れ川であり、上流で切り出した木材を無事に洲俣まで運びきることは難しく、資材の半分は急流に飲まれて紛失した。

アイデアとしては良かったのだが、実効性が伴っていなかったのだ。

予定していた資材が届かなくては、美濃軍の猛攻に耐えられる城は建設出来ない。

また、長良川は美濃領と尾張領の間を流れる川であり、上流における木の大量伐採や、膨大な筏による川下りは斎藤氏側からも容易に発見することが出来た。

その結果、木下藤吉郎の作戦は失敗に終わり、それをさきほど信長に報告したことで、このような事態となっていたのだった。

「もうよい！　顔も見とうないわ、猿」

藤吉郎は顔を上げることが出来ず、額を床につけたままで部屋の端まで急ぎ下がる。

信長に激しく叱咤《しった》された藤吉郎は平伏したまま固まった。

そんな状況を見ていた十河は、磯崎が言っていたことを思い出していた。

「もしかすると、歴史が変わってきているかもしれません……」

ある日、磯崎がそんなことを言い出した。

「どういうことだ？　磯崎」

「桶狭間の戦いによって『信長が勝利する』という点は史実通りでしたが、真東海道本線が通るなど、歴史にはないことですからな」

「そうしたことで、未来が変わりつつあると？」

「そういうことです」

そんな会話を清洲へ来る前に、名古屋工場で磯崎とやっていたところだった。

木下藤吉郎……後の豊臣秀吉《とよとみひでよし》が美濃攻略戦において、誰《だれ》もが無理と考えた洲俣に城を作り、それが出世の糸口になった。

「だが、それが失敗したということは……やはり歴史が変わりつつあるのか？」

腕を組んだ十河は、周囲に聞こえないような小さな声で呟《つぶや》いた。

十河は信長らに「未来から来た」とは言っていない。

未来から来た者として「将来がこうなる」という予言を信長に与えてしまったら、自分たちが生き抜くのは難しいと考えていた。

実際にこうして状況が変わった場合、そういった力はすぐに使えなくなるからだ。

ここから先は十河ら國鉄職員でも知らない戦国時代なのだ。

信長の機嫌の悪さが部屋全体に響き、室内の緊張感はビリビリと高まる。

そして、戦評定は一か月前に戻ってしまった。

「美濃を攻略するには、洲俣に足掛かりとなる城を築かねばならぬのだっ」

重臣佐久間信盛、猛将柴田勝家、知恵者木下藤吉郎と立て続けに三人が失敗したことで、信長臣下の者らは「絶対に無理だ」との考えを強くし、誰も顔を上げず、ただただ嵐《あらし》が過ぎ去るのを待つだけの時間が流れた。

十河が（出すなら、このタイミングか……）と思ったのは、真東海道本線建設が終了してから考えていたことがあったからだ。

レールが不足する事態は真東海道本線建設時から見えており、國鉄を拡大していくにはレールを作らなくてはいけないが、それだけの鉄を尾張では生産出来ていない。

この時代のたたら製鉄というものは、豊富な水と燃料となる大量の薪《まき》と木炭を必要としており、そうした資源の豊富な山間《やまあい》の土地が必要だった。

尾張は田畑に適した平野部は多いが、たたら製鉄に向いた場所はなかった。

だからと言って、レールを延伸させず熱田と清洲間の物資の輸送だけでは、鉄道の利用価値がいずれ頭打ちになるのは明白だった。

十河もこのままでは（信長はいずれ鉄道に愛想をつかす）と考えていた。

今は物珍しさから厚遇されている國鉄だが、いずれ日本統一を考える信長は、尾張から出られない鉄道を見限ってしまうだろう。

そうなれば國鉄全員の命運も、どうなるか分からなくなる。

そこで、十河はそろそろ鉄道の更なる有効性を信長に示すことで、國鉄に対する興味を持ち直させようと考えていたのだ。

また、それは國鉄内に漂いだした問題も解決すると十河は思っていた。

十河は、誰も微動だにしない部屋の中で、一人膝《ひざ》をついてにじり出る。

「その仕事、私にやらせてもらえないだろうか？　信長」

十河はあえて「御屋形様」とは呼ばないようにしていた。

自分が信長と「並ぶ者」という認識もなかったが、臣下となり平伏してしまっては、國鉄を独立した組織として運営できないような気がしていたのだ。

信長も十河に対しては、そう呼ぶことを許しているようだった。

前に出た瞬間、周囲の武将も臣下も、部屋中の全ての者が十河に注目して『おぉ』という感嘆の声が響き渡った。

口元を少し緩ませた信長は嬉《うれ》しそうにフッと笑う。

「お主には、ここにいる馬鹿共には考えられぬような奇策があるか？　十河」

十河も応えるように微笑《ほほえ》み返す。

「要するに、洲俣に城建築用の資材を届ければいいのだろう。大量の物資を短時間に運ぶことは國鉄が得意とすることだ」

「じゃが線路を延ばすための、新たな『れ〜る』はないと聞いたが？」

列車や鉄道といった言葉は慣れたようだったが、やはり英語については戦国の者は一様に言いにくそうだった。

「確かにレールは使い切ってしまった。よって、新たに作らねばならない」

「れ〜るを作る？　どのようにしてじゃ」

信長は十河がなにを考えているのか、楽しみになってきていた。

「そこは任せてもらおう。我々國鉄は洲俣に城建設用資材を必ず届ける」

フッと微笑んだ信長は、右手で膝を叩いて音を鳴らす。

「あい、分かった。十河、その方に洲俣城建設の任を託す。それゆえ國鉄からの上納金はしばらく許してやる」

信長は鋭い目つきで小平太《こへいた》を見て続ける。

「十河に必要な物があれば、なんでも用意してやれ、小平太」

小平太は拳《こぶし》にした両手を床につけて「はっ」と頭を下げた。

間髪入れずに、十河が言う。

「今一つ願いがあるのだが……」

「おぉ、なんなりと申して見よ」

「國鉄は物資を運ぶことは出来るが、敵襲に対する防戦が出来ない」

十河は部屋の隅でまだ平伏していた藤吉郎に視線を移して続ける。

「そこで木下藤吉郎殿をつけて欲しいのだ。与力《よりき》として」

「猿めを？」

信長が睨《にら》みつけるようにして見た藤吉郎は、突然のことに酷《ひど》く驚いていた。

なぜ十河がそう言い出したのか分からなかった信長は、なにか裏約束か狙《ねら》いがあるのかと、二人を何度か交互に見た。

十河の狙いは（あまり歴史を変えたくはない）ということだった。

未来が変わってしまうと、秀吉が天下を獲《と》れなくなることを危惧《きぐ》したのだ。

歴史が変わり過ぎて、東北の伊達《だて》氏や、中国の毛利《もうり》氏が天下を獲るような情勢になっては、國鉄を延伸することは難しくなってしまうと思ったからだ。

十河としてはこの二人が史実通りに日本を支配し、その中で國鉄を大きく拡張していきたいと考えていた。

十河は（これで木下藤吉郎が洲俣に城を作るという事実は変わらなくなる）と考えて、あえて与力としてつけてくれるように願い出たのだ。

次の瞬間、藤吉郎は後方から飛ぶように駆け寄り、信長の前に飛び込んで再び床にゴンと額をぶつけながら平伏した。

「御屋形様、わたくしめを國鉄守殿の与力に加えてくだされ～～～」

その必死な姿をおもしろく感じた信長は、口角を少しだけ上げる。

「であるか。ならばそうせよ、猿」

「はっ、ははぁ。ありがとうございます、御屋形様、御屋形様、御屋形様～～～」

床に何度も頭をぶつけた藤吉郎は額を真っ赤にした。

「じゃが、猿。これが最後じゃ。もし、此度《こたび》の戦で失敗するようなことあらば、そちは腹を切れ、よいな」

「ははぁ！　この命に賭《か》けましても、國鉄守殿にお仕えいたしまする」

信長は十河を鋭い目で見つめる。

「これでよいか？　十河」

「助かる」

少しだけ見つめ合った二人だったが、信長はすっと立ち上がる。

「では、今日の戦評定はこれまでじゃ」

そのまま部屋の奥へと消え去って行った。

信長がいなくなった瞬間、部屋の中には安堵《あんど》の空気が生まれ、三々五々臣下の者が部屋を出ていく。

ほとんどの者は「どうするつもりじゃ？」といった目で十河を見ながら通り過ぎていくだけだったが、猛将と呼ばれる柴田勝家だけはギロリと見下ろした。

「國鉄守殿、本当に出来るのか？ ただただ目立ちたいばかりではないのか」

自分や佐久間が失敗した洲俣築城に、武士でもない十河が出しゃばってきたことに、プライドを傷つけられたと感じているようだった。

立ち上がった十河は、同じ目線の高さにして見返す。

「策はある」

「また、南蛮の奇怪な術を使う気か？」

機関車をまったく理解しようとしない柴田勝家は、十河らのやっていることは鬼の類《たぐい》が使う妖術《ようじゅつ》かなにかの一つと考えていた。

「我々は資材を運び、城を作る。ただ、それだけだ」

「難儀なことを簡単に言う」

ニヤリと笑った勝家は、すれ違うようにして歩きながら呟く。

「まぁせいぜい新参者同士で頑張るがよい」

ほとんどの者が退出すると、残っていたのは藤吉郎と小平太だけだった。

立ち上がった藤吉郎は、腰から上半身を二つに折った。

「國鉄守殿！　わたくしめが失敗してしもうたのを哀れに思い、このような機会を与えてくださり本当にかたじけない」

藤吉郎は両目に涙を浮かべながら十河に心から感謝した。

十河はそんな藤吉郎の肩に手を添えて、上半身を起こしてやる。

まだ二十代半ばのはずだが、もっと歳《とし》を重ねているような深いシワが、よく日焼けしていた顔に刻まれていた。

他の武将達のような強面《こわもて》ではなく、愛嬌《あいきょう》のある優しい顔をしている。

「もう気にしなくていい。それより今日からは同志としてよろしく頼む、木下殿」

「同志とは、なんでござるか？」

泣き止《や》んだ藤吉郎が不思議そうな顔をしたのは、初めて聞く言葉だったからだ。

「我々は『洲俣に城を築く』という同じ志《こころざし》を持つ仲間なのだ」

喜怒哀楽がハッキリしている藤吉郎は、屈託のない笑顔で十河の手を両手で摑《つか》む。

「分かりもうした。わたくしめと國鉄守殿は、強い絆《きずな》で結ばれたお仲間ということでございますな」

「そういうことだ」

「では、わたくしめのことは、藤吉郎とお呼び捨てくださいませ」

「だが、私も――」

藤吉郎は両手に力を入れながら首を左右に振る。

「今日からわたくしめは國鉄守殿の与力。十分に使《つこ》うてくだされ」

将来天下を統一する歴史的偉人と分かっている人物にへりくだられて、十河は困ったような気分になったが「ここは仕方あるまい」と納得した。

「分かった。では、藤吉郎と呼ばせてもらおう」

そこに「ですが、十河殿」と小平太がやってくる。

他の者は國鉄守と呼んだが、小平太は前と同じく十河と呼んでいた。

「猛将柴田殿、知恵者木下殿でさえ失敗した洲俣への城作り。どうやるつもりでござる?」

小平太は心配そうに言ったが、桶狭間の鮮やかな手腕を最も近くで見ていたので、きっと、自分らには思いつきもしない策があるのだと期待していた。

「それはな……」

そう言いかけたところで、十河は周囲の雰囲気を摑んで言い直す。

「いや、名古屋工場で話すとしようか。ちょうど、帰りの汽車が出る」

十河は腕時計を見ながら言うと、小平太も察する。

「それがよいでござろうな」

そこで、一人藤吉郎だけが、ダンと飛び跳ねて目を見開き盛り上がる。

「なんと！　噂のキシャに乗せてくださるのか⁉　わたくしめは初めてでござる」

「汽車にも慣れてもらわんとな。藤吉郎は同志なのだから」

頷《うなず》き合った三人は、ゆっくりと部屋から出て清洲駅を目指した。

國鉄によって作られた清洲駅は、清洲城の目と鼻の先にある。

しっかりとバラストが敷かれた立派な線路の横には、コンクリートやアスファルトが存在しないので、幅一メートルほどの板が横向きに百メートルほど並べられた立派なホームが作られており、清洲城側には板葺《いたぶ》きの平屋駅舎が門のように置かれていた。

駅舎の正面には信長自らが墨字で「清洲」と書いた巨大な駅看板が堂々と掲げられており、正面に並ぶ三つの窓口では、國鉄に一月百文で雇われた清洲の町娘が、支給された國鉄の紋の入った紺の小袖を着て切符を販売している。

既に今日の熱田行の切符は完売らしく「今日分は売り切れで……」と、やってきた者達に説明して、明日以降の切符を忙しそうに販売していた。

ラッチと呼ばれる木の囲いの中で改札業務をしていた小袖姿の女性駅員に挨拶《あいさつ》して通り過ぎた十河は、駅舎の引き戸を開いて出てきた車掌の杉浦と目を合わせる。

「ご苦労様だな、杉浦」

「毎日切符が完売なんて、国鉄では考えられませんね」

「列車をもっと多く走らせられれば、本当はいいのだがな」

「仕方がありませんよ。無理して機関車が壊れては元も子もありませんから」

ホームには五両編成の黒い貨車が横づけされており、既に多くの客が乗り込んでいた。

この貨車は桶狭間の戦で兵を運んだものを少し手直ししたものだ。

列車の先頭には前後が逆になった蒸気機関車C11形が連結されていた。

機関車が前後逆なのはターンテーブルが、一緒にタイムスリップしなかったからだ。

だから、清洲では先頭から切り離してからポイントを通り、熱田側に逆向きで連結して走らせることになっていた。

蒸気機関車先頭部の煙突からは煙が真《ま》っ直《す》ぐに立ち上り、車体各部から白い蒸気がシューシューと音をたてながら勢いよく出ているのが見える。

十河はそれを見ながら（やはり燃焼効率が悪そうだな）と感じる。

石炭、亜炭、木炭、木材の混合燃料は不純物が多く、無煙炭で走らせていたときと違って大量の真っ黒な煙が上がっているのが気になったのだ。

こうした灰は貨車に乗る客に降りかかり、顔や衣類に黒い斑点《はんてん》がついてしまう。

だが尾張では「黒光り」と呼ばれて、鉄道を利用した銭持ちの証《あかし》としてステイタスになっているとのことだった。

人と荷物であふれる貨車を、藤吉郎は嬉しそうな顔で見ながらホームを歩く。

「わたくしめの乗る場所は、もうないのではござらぬか？」

「初の乗車だ。せっかくだから特等席にご案内しよう」

「特等席とは、いったい？」

ホームを先頭まで歩いていくと、國鉄の小袖の上からたすきをした五人ほどの男が、重そうな木箱を蒸気機関車Ｃ11の石炭庫の周囲に次々に積み込んでいる。

運転台後部に積み上げられた木箱一つは七キロ半ほどの重さがあり、中には二千文ずつ入っていた。

「今回の売上にございまする」

二十五個もの箱を積み終えた平三郎《へいさぶろう》が、汗を拭《ふ》きながら十河に微笑む。

平三郎は清洲駅長として雇った者で、駅の管理を全て任せている。

「ご苦労、平三郎」

十河は微笑みながら、平三郎に教えた国鉄式敬礼を交わした。

「なんと⁉　これが一回の売上でござるか⁉」

大量の銭箱を初めて見た藤吉郎は、目を白黒させながら驚いた。

「ありがたいことだ。だが、今は一両にお客様は百名ほどにしているのだ。桶狭間の時には一両に二百名の鎧武者《よろいむしや》を乗せたのだがな」

「もっと儲《もう》かるであろうに……。どうして半分にしているのでござるか？」

「お客様のほとんどは、見ての通り商人だ。だから多くの手荷物を持っている」

十河と藤吉郎が見た貨車には、野良着姿の者が百人ほど乗っているが、全員、手に手に多くの売り物を抱えて乗り込んでいた。

商才に長《た》けた者の多い尾張の民は、鉄道の有効性にすぐに気がつき、荷物を持って利用するようになった。

「國鉄は『乗客が背負って歩ける物は手荷物と認める』としているのだ。鉄道に物見遊山《ものみゆさん》で乗車するのは、他国からの旅人か裕福な僧侶《そうりょ》くらいなものだからな」

そこで、顔を綻《ほころ》ばせた木下藤吉郎は、指折り数えながら呟く。

「一両に百名として……一回で五百名の者がキシャに乗る。確か一人銭百文とのことゆえ……合計五万文⁉　一回で五十貫とは驚きでございますな」

この時代は教育がなく計算に強い者は少なかったが、藤吉郎はどこかで教わったらしく、あっさりと概算売上を叩き出して見せた。

十河はそんな藤吉郎を見て（やはり他の者とは違う、さすがだ）と舌を巻いた。

「だが、鉄道とは維持に銭がかかるものだ。全てが懐《ふところ》に入るわけではない」

高級武士の家禄が百貫、下級武士なら五十貫、足軽に至っては一貫半とのことだから、一貫を十万円と仮定した場合、國鉄は一日で二千万円稼いでいることになる。

一月にすれば売上は六億円程度あり、もちろん、信長への上納金や新たに雇った國鉄職員などの経費は発生するが、それでも膨大な銭が國鉄に入ってきていた。

「いや、それにしましても、十河殿は大金持ちにございまするなぁ」

「私ではない。國鉄が……だがな」

十河は、先頭に向かってホームを歩いた。

「こっちだ、藤吉郎」

十河はC11形の運転台へ入っていく。

「長崎、乗せてもらうぞ。お客様を一人」

運転台に座って発車の合図を待つ長崎は、首だけ回して聞き返す。

「お客様ですか？」

「今度、一緒に戦をすることになった同志だ」

「ごめんつかまつる。木下藤吉郎にござる」

まるで家にでも入るかのように、藤吉郎はしっかり頭を下げつつ入ってきた。

その瞬間、長崎は藤吉郎に気がついて言う。

「とっ、豊臣秀吉さんですか⁉」

さすがに豊臣秀吉ともなれば、現代人なら誰もが知っている。

もちろん、そんなことを言われても、当の藤吉郎はまだ豊臣でもなければ、秀吉でもないので首を傾《かし》げるばかり。

「なんでござるか？　そのとよとよひでおしというのは？」

十河はおかしくて、ついニヤリとしてしまった。

「なんでもない藤吉郎。長崎は他の者と見間違えたのだ」

アハハと破顔した藤吉郎は、右手で自分の後頭部をパシパシ叩く。

「そうでござったか。いやいや、このような安い顔なぞ、どこにでも転がっておりますからな。では、改めてよろしく頼むでござる、長崎殿」

背筋をしっかり伸ばして、藤吉郎は改めて頭を下げた。

「よろしく……木下藤吉郎さん」

長崎は珍しい動物でも見るように、上から下まで何度も見つめた。

しばらくすると、機関助手として杉浦が乗り込んでくる。

タイムスリップした時は車掌だった杉浦は、今は蒸気機関車の機関助手をしていた。

その時、駅舎から出てきた平三郎駅長がホームに立ち、法螺貝《ほらがい》をかまえて吹き鳴らす。

清洲の町全体に発車を告げる音が鳴り響いた。

長崎が窓から顔を出して後方を確認してから、進行方向に指を伸ばす。

「前方よし！　出発進行！」

天井からぶら下がる白い紐《ひも》を引くと、ホォォォォォォという國鉄蒸気機関車独特のスチームを使った気笛が響く。

送風機バルブを全開にした杉浦は、大きなスコップで火室奥へ向かって十回ほど混合燃料を放《ほう》り込んだ。長崎はブレーキを外して逆転機を回し、バイパス弁を閉じて右手で持っていた加減弁ハンドルを一つ二つ回す。

次の瞬間、前後するピストンから重い蒸気音が響き出し、Ｃ11形は、白い煙を周囲に噴き出しながら清洲駅をゆっくりと出発した。

初めて見る蒸気機関車の運転台を、藤吉郎は子供のような顔で見回している。

「これがキシャの心臓部でござるか～」

藤吉郎は目をキラキラ輝かせながら感嘆の声をあげた。

清洲を出発したＣ11形に牽かれた列車は、熱田を目指して快調に走りだす。

毎日のように線路沿いまで見に来る清洲の子供達が、今日も「お～い」と手を振りながら横を走りだしたので、長崎は短く「ホォ」と気笛を鳴らして応えてあげる。

真東海道本線の建設に際して、バラストをしっかり撒《ま》いた道床は強固で、床下からは一定のリズムでレールの隙間《すきま》を車輪が渡る心地良い走行音が響いていた。

ただ、走り出したＣ11形の運転台の内部は、火室で燃える燃料、ピストンから出る蒸気、動輪の回転などから出る大きな騒音に包まれる。

「ものすごい音にござりますな、國鉄守殿！」

藤吉郎は耳に両手をあてながら大声で叫ぶ。

「だからいいのだ。ここなら誰にも我々の会話は聞かれまい」

「なるほど……そういうことでござるか。清洲城にも『敵の草が潜《ひそ》んでおる』との噂ですからの」

ガハハハと屈託のない顔で藤吉郎は笑う。

信長の家臣の者は真面目《まじめ》で深刻なタイプが多く、こうした明るくて屈託のない者は初めてだった。

藤吉郎は一時間前には信長に叱咤されて死にそうな顔で猛反省し、十河に救われては感動して涙し、今はこうして子供のように心から笑っている。

史実に聞くように、藤吉郎には人に好かれそうな性格を感じた。

「そうだ。清洲城にも多くの間者《かんじゃ》がいると聞く。藤吉郎の作戦内容をそういった者に聞かれてしまい、きっと美濃の斎藤方に漏れてしまったのだ」

そうした十河の意見に、ハタッと両手を打って藤吉郎は頷く。

「確かに！　そうかもしれませんなぁ。元々農民であるわたくしめの働きを『おもしろうない』と言う者は、大勢おりましょうからなぁ～」

少しだけ困った顔をした藤吉郎だが、すぐにガハハとまた笑い飛ばした。

運転台後部で十河と藤吉郎と小平太は頭を集めて相談をし始める。

「それで、どのようにしてレールを?」

小平太に続いて藤吉郎も首を伸ばして前のめりで聞く。

「そうでございます、十河殿。是非、この猿のような馬鹿な、わたくしめにも分かりますよう、お教え頂きたい」

深々と下がった藤吉郎の頭が上がるのを持って、十河は二人に話しだす。

「確かに、もう名古屋工場にはない。こうしたレールはな」

「でござる。真東海道本線建設のために國鉄から持参したレールは、ほぼ全てを使い切ってしもうたでござる」

小平太は真東海道本線の工事に参加していたから、そのことはよく知っていた。

二人を見ながら「信長にも言ったが……」と前置きしてから十河は言い放つ。

「ならば作るしかない……」

小平太は困惑した顔を左右に振る。

「このように大量の鉄を使うレールなぞ、尾張では作れませぬぞ」

鉄のことについては、小平太より藤吉郎の方が詳しかった。

「そうでござる。奥出雲《おくいずも》、吉備《きび》といった『たたら』の盛んな西国ならば、もしかすれば作れるやもしれませぬが……尾張にはそのような場所は……」

「それは分かっている。そこで、今回は木製レールを作る」

顔を見合わせて『木でござるか⁉』と驚く二人に、十河は頷き返す。

「清洲から洲俣にかけて延伸する『真洲俣線』は、真桶狭間線のように一度しか使用しない」

「確かに……簡素なものならば作れるかも……しれませぬが」

小平太は腕組みをして考え込んでしまう。

「一度の通過にならば十分に耐えられる。鉄板を張り付けた木製レールを作るのだ」

「それを作って、洲俣まで延ばそうという魂胆ですな」

藤吉郎は、十河に向かって明るく言った。

「鉄板だけなら名古屋工場にもかなりのストックがある。それに薄い鉄板ならば鉄砲の銃身を巻く材料として鍛冶《かじ》が作っていると聞いた。それらを角材に貼《は》り付けてレールの代わりとし、洲俣まで線路を延伸して城用の建材を一気に運び込む」

「なるほど！　鉄道を使えば川のように材料を失することもござらん。それならば、洲俣に城を築くも難しくありませぬな」

戦国時代の技術ではレールが作れないことに十河が悩んでいた時、

「確か～、昔の鉱山鉄道なんかじゃ、木製のレールを使っていたはずだぜ」

と、高木が言ったのが、このアイデアのキッカケだった。

鉄がまだ高価な産業革命当時の末端路線は木製であり、耐久性を向上させるために上面に薄く延ばした鉄板を張り付けて鉄板レールとしていたのだ。

木製の枕木《まくらぎ》と木製レールは長い釘《くぎ》で固定することが出来るので、戦国時代で調達できる物で十分に生産することが可能と考え、十河は工場内でテストもしていたのだ。

木製レールは細く削る必要はなく、軌間さえ合っていれば太さが揃《そろ》っていなくても問題がない。強度を考慮すれば太くてもよかった。

その時、列車は最初の停車駅枇杷島にシュウと蒸気音を上げつつ停車する。

清洲から熱田までは約三キロおきに駅があるため、各駅で乗り降りを行ってから枇杷島、那古野、金山と走って行くことになる。

駅間はとても短いため、蒸気機関車はあまり速度を上げることはなかった。

もちろん各駅にも國鉄に雇われた着物姿の國鉄職員達がいて、切符の販売などの駅業務を行っており、駅に着く度に銭箱が更に蒸気機関車に積み込まれていく。

杉浦も駅ではホームに降りて、客の安全確認を行っていた。

それらの業務を終えたら、安全確認をして列車が枇杷島を出発する。

再び騒音に包まれた運転台で、小平太は洲俣攻略について話を再開した。

「確かに鉄板ならば御屋形様が命じれば、尾張中の鍛冶が皆で作り、すぐにでも送って来ようと思われるが……」

浮かない顔の小平太に十河は聞く。

「どうした？　小平太」

「拙者には二つほど、心配事がござる」

小平太は人差し指と中指を出して見せて続ける。

「一つ目は清洲から下津《おりづ》、一宮《いちのみや》、羽栗《はぐり》までの五里は尾張領ゆえ、線路建設は問題ないはずじゃ。じゃが、その向こうに横たわる木曽《きそ》川は、どうやって越される？」

元々名古屋工場にいたこともあって、木曽川について十河は考えが既にあった。

小平太を安心させるように十河は余裕の顔で微笑む。

「単管を組んだ橋を架ける」

「なんと、木曽川に橋を⁉」

「信長が本格的な美濃攻略を行うなら、増水でも流されない強固な橋がいずれ木曽川に必要になるだろう。そこで、木曽川の水位が下がる梅雨《つゆ》明けに我々が架橋する。既に石田には設計させているから問題ない」

信長の次の目標が美濃になることを磯崎から聞いていた十河は、保線区に時間が出来たこともあり、清洲から先の延伸計画を立てて研究をしていたのだ。

その中で「木曽川には絶対に橋が必要」との結果が出て、大学で構造力学を専攻していた石田が「今度は崩れない橋を作ります」と意気込み設計していたのだ。

「やはりとんでもないことを考えまするな、國鉄守殿は……」

橋の件には納得した小平太だが、まだ顔は曇っていた。

「いま一つは、木曽川を渡れば美濃の土地となるが、まだ洲俣までは一里半ほど。そんな場所で線路建設を行えば、佐久間、柴田、藤吉郎殿の時と同じように、二日もすれば斎藤方が攻め寄せて来ようぞ」

「だろうな」

十河が言う。

「だろうなとは気楽な!?　十河殿。笑いごとではありませぬぞ」

真剣な顔で心配する小平太の横で、藤吉郎は自分の胸を右手で叩いてガハッと笑う。

「そこはドーンと！　大船に乗ったつもりで、わたくしめにお任せくだされ！」

「藤吉郎殿はどうするおつもりか？」

振り返った小平太に、藤吉郎は静かに頭を下げる。

「この木下藤吉郎、与力の蜂須賀小六、前野長康といった部下二千と共に、全員討ち死にを覚悟で國鉄守殿の線路建設をお守りいたす」

小平太は、腕を横一線に振り抜く。

「拙者が申しておるのは、そういう覚悟のことではござらん！」

「いや小平太殿。覚悟の問題につかまつる。わしはこの戦に敗れれば切腹の身。ゆえに何があっても國鉄守殿をお守りせぬばならぬのじゃ」

「お前と言う奴《やつ》は！」

飄々《ひょうひょう》と「命を賭ける」と言いだす藤吉郎と、怒る小平太を見ながら十河は声をあげてアッハハと笑った。

「そこも考えてある」

「だったら、最初から言ってくだされ。十河殿は人が悪うござる」

口を真一文字に結ぶ小平太に、十河は胸ポケットから鉄道模型のプラスチック道床を一本取り出して見せる。

「木曽川を渡ったら一気に運び込んで洲俣まで敷く。このように枕木とレールを予《あらかじ》め結合したユニットを大量に作っておいてな」

小平太の不機嫌は、驚きによって吹き飛ぶ。

「ゆっ、ゆにと……で、ござるか？」

「木曽川から洲俣までは小平太の言う通り一里半、つまり約六キロだ。これを國鉄のレール一本の標準的な長さである二十五メートルで割れば、二百四十となる。つまり、これが二百四十ユニットあれば洲俣へ達するということだ」

「しかし、そのような重そうな物を、持ち上げられるでござろうか？」

「これが鉄なら動かせないが、木材なら大量の棒を横に通せば、祭りの神輿《みこし》の要領で持ち上げられそうだ。それを並べて釘を打つだけなら、敷設に時間も掛からん」

「なっ、なるほど……」

自分には考えも及ばぬ十河の構想力に小平太は感服し、少し恐ろしくなって額から出た汗を手拭《てぬぐい》で拭いた。

「よって、木曽川近くの羽栗に『ユニット工場』を作ってくれ、小平太」

こうなってしまっては、小平太は心から平伏して「はっ」と応えるしかない。

「必要になる建物の建設費、勢子の賃金、木材費、鉄板製作費は全て國鉄で持つ」

こうした状況を想定して、十河は利益を大きく蓄えていた。

現代の国鉄は国家予算で線路を作ってきたが、戦国時代となれば全て自前で資金を用意して延伸していかなくてはならなくなるからだ。

そんな十河の話に藤吉郎は「おぉぉ～」と声をあげながら目を輝かせていた。

「わたくしなぞの想像を遥《はる》かに超えておりまする。國鉄守殿の知恵の泉は！」

十河は藤吉郎を見る。

「我々國鉄は運びに関しては達人だからな」

すっかり十河に惚《ほ》れた藤吉郎は、十河の手を両手でとって上下に振る。

「これならば必ずや洲俣に、城が建ちましょうぞ。いやはや、國鉄守殿の与力になれたわたくしめは、御屋形臣下一の果報者にござる」

藤吉郎はガハハハと声をあげながら気持ちよさそうに笑った。

「ただ、一つ。困ったことがある」

「なんでござる？」

藤吉郎から離した手を、十河は運転台の壁につける。

「鉄板レールで作る真洲俣線には、このC11形蒸気機関車も、DD16形ディーゼル機関車も重量が重すぎて入れんのだ」

藤吉郎は「しっ、しいじゅじゅ」と機関車名が言えずに戸惑っていたが、さすがに一番早くから國鉄に関わっている小平太は、すぐに事の重大さに気がついた。

「それでは、どうやって物を運ぶのでござるか？」

「工事用の軌道モーターカーしか使えん」

軌道モーターカーが何たるかを知っている小平太はウムと唸《うな》る。

「それでは、力が段違いに弱くなると……」

「チキ6000形は三両が限界だろう。だから、素早い往復で運ぶことになる」

「では、時間との勝負となりますな」

「そういうことだ。木曽川を渡ったら覚悟しておいてくれ」

しっかりと頷いた藤吉郎と小平太は『はっ』と応えた。
そんな三人の目前には、終点の熱田が見えてきた。

七章　真洲保線

永禄《えいろく》四年四月上旬より、真東海道本線の運営は運転士の長崎や尾張で雇った者らに任せて、保線区員は全力で真洲保線《すのまた》の建設に取り掛かった。

「そんなもん、勝手にやってりゃいいだろ」

そう言い放った整備区の下山は、加賀山と共に信長《のぶなが》家臣団のいる清洲《きよす》に引っ越してしまい、C11形の整備の時に名古屋工場へ来るだけになっていた。

二人は新介《しんすけ》の下に属する足軽となったとのこと。

美濃《みの》攻略が近づいており、信長家臣団内では緊張感が高まってきているようだった。

体を動かしたかった藤井は「線路作れるなら」と喜んで戻ってきたが、サバゲーマニアの仁杉《にすぎ》は、整備区の二人と行動を共にして信長家臣団に入った。

結果、十河《そごう》を中心に保線区の五名が建設に従事することになり、当面は大量のユニット製作がメインになるため、五人は木曽《きそ》川近くにある羽栗《はぐり》へ移動した。

そこで十河が目を見張ったのは藤吉郎《とうきちろう》の才覚だった。

生粋《きっすい》の武士である小平太《こへいた》は「命令されれば手配する」といった感じだったが、藤吉郎は朝の早くから起きて、國鉄職員らの食事、洗濯、掃除などを部下の勢子《せこ》らに指示をしてやらせ、自らは作業場を歩き回って國鉄職員に鉄道のことを聞きまくった。

いつ見ても石田や磯崎、高木の後ろにいて、矢立てと紙を手に持ち歩いていた。

また、材料については、地元の有力者である臣下の蜂須賀小六《はちすかころく》に命じて、木曽川上流から大量の木材を筏《いかだ》に組んで、次々に羽栗に送り込んできた。

鉄道建設では「破格の賃金が払われる」との話が世間に響いており、羽栗には尾張《おわり》中の民が大挙して集まってきては製材、レールと枕木《まくらぎ》の製作、ユニットの組み上げが行われることになった。

十河は前回の経験から「賃金は一日二十文」とするつもりだったが、

「その作業の責任者をわたくしめにお任せ願えませぬか？　納期は短く、費用は安くしてご覧にいれたくぞんじまする」

と、藤吉郎が言うので、十河は任せてみることにした。

ユニット製作責任者となった藤吉郎は、勢子らを製材、組立、運搬、敷設《ふせつ》という分業にして、さらにそれぞれを十の組に分けた。

作業開始にあたって、藤吉郎は全員に向かって言った。

「本日より素早く出来た組より、賃金は高額といたす」

作業に集まってきていた約四百人が一斉にどよめいた。

「一の組は日に一人十五文、二の組には日に一人十三文、三の組には——」

と、一日の作業量に応じて賃金の量を変えて競わせたのだ。

こういった仕組みに慣れていなかった尾張の勢子は熱狂した。

「一の組になって、一人十五文もらおうや」

と勝手にそれぞれの組が一つにまとまり、陽《ひ》の昇った瞬間から暗くなって手元が見えなくなる時刻まで、藤吉郎が叱咤《しった》しなくても全力で働いた。

一番の問題となるのはレールの軌間だったので、納品のチェックは國鉄職員が厳密に行っていたが、納品出来なければ賃金にならないので自然と精度が向上して、生産量が飛躍的に増大した。

また、当初は名古屋工場内にあった鉄板を切って使用していたが、これも藤吉郎が競争とさせたことで、一週間もしないうちに尾張中の鍛冶《かじ》から鉄板が毎日のように届くようになり、質と量が日に日に上がった。

こうした時、工程管理が最も重要なのだが、藤吉郎と部下にはその才覚があった。作業に間に合うように材料を手配し、余った者が出ないように各組の仕事を調整し、膨大な量の飯と寝床の手配を行ったのだ。

競争に勝って銭を持った者が多く現れれば食べ物、酒、着物、薬、女、踊りなどを売る者が自然に集まってきて、次々に屋台が立ち並ぶ。

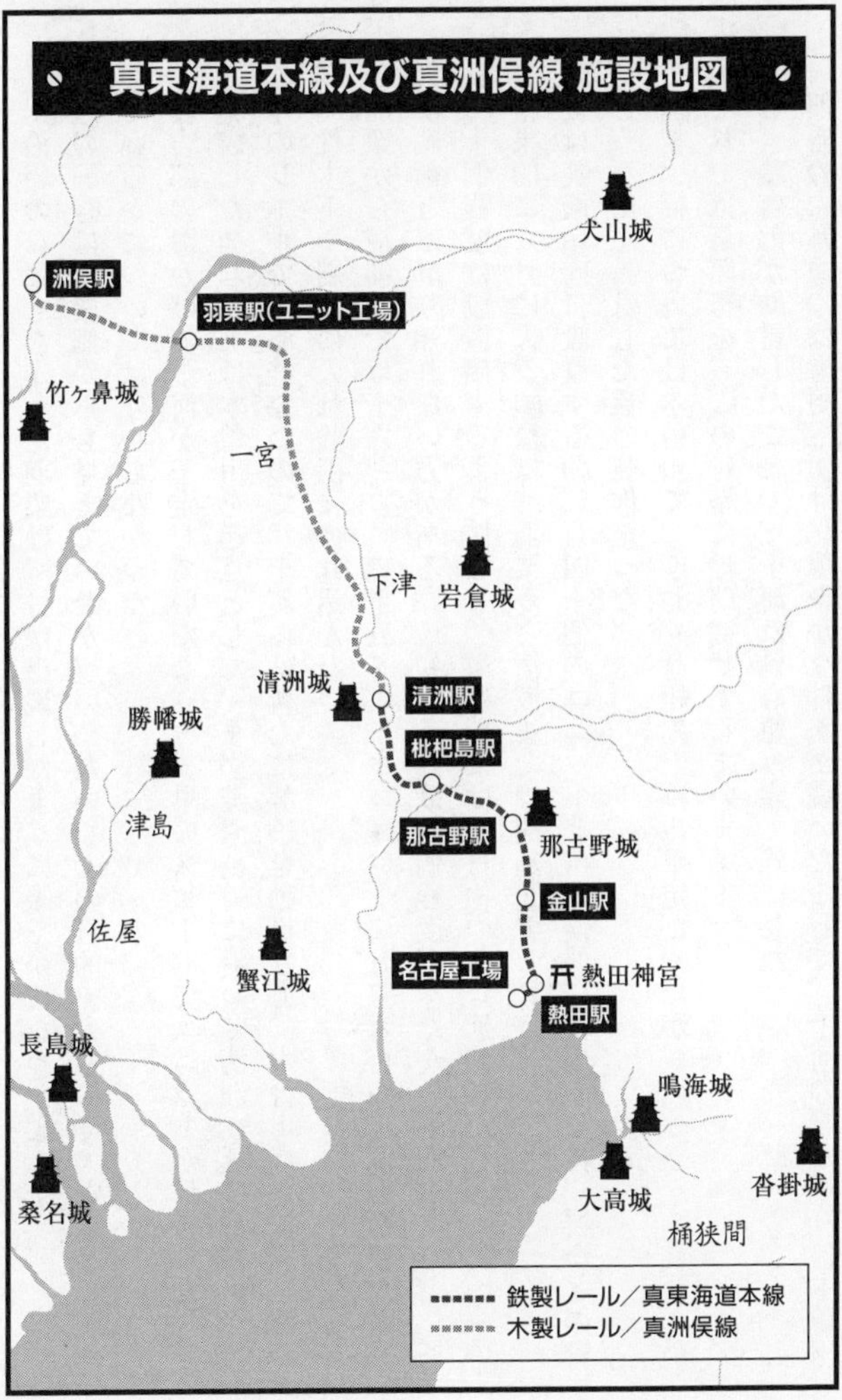
真東海道本線及び真洲俣線 施設地図
犬山城
洲俣駅
羽栗駅(ユニット工場)
竹ヶ鼻城
一宮
下津
岩倉城
清洲城
清洲駅
勝幡城
枇杷島駅
那古野駅
那古野城
津島
金山駅
佐屋
蟹江城
名古屋工場
熱田神宮
熱田駅
長島城
鳴海城
大高城
沓掛城
桑名城
桶狭間
鉄製レール／真東海道本線
木製レール／真洲俣線

川沿いのなにもなかった羽栗は、村が出現したように賑《にぎ》やかになった。

その騒ぎは斎藤《さいとう》側からも見えていたが、いったいなんの目的で大量の巨大な梯子《はしご》を製作しているかについては分からなかった。

藤吉郎のおかげで十河が予定していたよりも、早いスピードでユニットが作られた。

完成したユニットは木曽川を起点として、まず美濃街道に沿って清洲へ延びる。木のレールでは心許《こころもと》ないので、十河らは新たに勢子を動員して、木曽川から採取した砂利を枕木下や周囲に入れ強固に作り込んだ。

羽栗から清洲までは十六キロ。二十五メートルユニットにして六百四十個も必要だが、人海戦術とは計り知れない力がある。最初のうちは数個程度だったが一週間もすると、一日二十個程度は設置出来るようになり、最盛期には一日約一キロ延伸した。

結果的に六月に入る頃《ころ》には、羽栗から清洲までは開通してしまう。

後は美濃領内に設置する約二百四十個のユニットと、洲俣城に使用する櫓《やぐら》、塀などの資材と、石田が設計した橋の製作だった。

当初、橋については木曽川で、ゆっくり組み上げる予定だったが、

「それでは斎藤勢を、この対岸に呼び寄せてしまいまする」

と、藤吉郎が助言したことで、十河は橋も組み立て式にした。

旧暦の六月頭には梅雨《つゆ》も明け、穏やかな日々が続いたことで、十河の読み通りに木曽川

の水位は順調に下がってきた。

六月いっぱいで全《すべ》ての資材の準備を整え終えた十河は、藤吉郎と小平太と戦評定を行い作戦開始日は、旧暦七月一日と定めた。

六月末には侵攻準備のために、名古屋工場にあった軌道モーターカーが、長物貨物車を三両押す形で羽栗まで走ってきた。

その時、十河はその後ろにつく形で、軌陸型油圧ショベルも走らせていた。

清洲から先の鉄板レールの線路に入る時は、保線区全員が固唾《かたず》を呑《の》んで見つめたが、車輪が鉄板レールを踏んだ瞬間木材が圧縮されてギギッと鳴っただけで、幸いにも破壊されることはなかった。

いくらレールがあるとは言っても、鉄板レールではスピードが出せないので時速二十キロ程度で進行したが、それでもこの世界なら十分に速いものだった。


時に永禄四年六月三十日。

洲保攻略の前線基地となった羽栗ユニット工場に、國鉄洲保攻略軍が集結した。

十河國鉄守《こくてつのかみ》を総大将として高木、磯崎、石田、藤井の國鉄職員五名と服部一忠《はっとりかずただ》。

与力《よりき》として木下《きのした》藤吉郎が蜂須賀小六、前野長康《まえのながやす》など約二千名の騎馬、足軽を率いて参集していた。この二千という数は、戦闘員である侍の数で勢子は含まない。

藤吉郎としても「背水の陣でござる」と、出来るだけ兵を集めてきたのだ。

また、今日まで工場で働いていた四百名の勢子らは、戦場手当として増額した「一日四十文」で、明日より三日間國鉄の下で働くことになっていた。

勢子らが戦いに巻き込まれるような状況となった場合、

「持ち場を放棄してよい。身の危険を感じた時はな」

と、十河が言ったことは、勢子らに感動をもって受け入れられた。

戦で桶狭間《おけはざま》のような総崩れとなれば、退却戦で斬《き》られることもある勢子にまで、そのような言葉を掛ける武将など、見たこともなかったからだ。

明けて七月一日は、抜けるような晴天に恵まれた。

だが、日が高くなろうとも國鉄洲俣攻略軍は動こうとはしない。

昨日の決起宴会の疲れのせいか、全員が建物や木陰で休み昼寝をしていた。

やがて、昼過ぎになり、まず動き出したのは藤吉郎だった。

「では、頼む藤吉郎」

作業服と安全靴にヘルメットという姿で、十河が敬礼で見送る。

藤吉郎の軍団には騎馬は十騎ほどしかなく、その一つに藤吉郎が鎧姿《よろい》で乗っていた。

「ご安心を、國鉄守殿。派手にやるのでお任せくだされ」

覚えたばかりの国鉄式答礼をしながら周囲を見回して続ける。

「じゃが本当に大丈夫でござるか？　國鉄守殿の守りが手薄となってしまうが」

藤吉郎は部下千九百を率いて先発するので、羽栗には長槍《ながやり》を持った尾張の足軽が百名ほどしか残らないことになる。それを藤吉郎は心配したのだ。

「我々が戦うようになったら、この作戦は失敗だ」

十河は敬礼していた右手を降ろしながら言った。

「それもそうですな。では、洲俣で会いましょうぞ、國鉄守殿」

相変わらずの屈託ない笑顔を見せながら、藤吉郎が先頭を切って砂埃《すなぼこり》を巻き上げながら馬で走り出すと、後ろには蜂須賀小六、前野長康などの藤吉郎の部下が続く。

小平太のいた織田信長の馬廻衆《うままわり》とは違って、兜《かぶと》を被《かぶ》っていない者、鎧は銅の部分だけ、籠手《こて》や具足のない者など、かなり装備にはバラつきがあった。

もし、藤吉郎だと知らなかったら（盗賊かなにかと見間違えそうだな）と十河は思いながら、次々に走り抜けていく兵達を見送った。

堤の下にある羽栗ユニット工場を出た藤吉郎は、迷うことなく水が減った木曽川の浅瀬を渡河し、美濃領への侵攻を怒濤《どとう》の勢いで開始する。

川を渡った藤吉郎が目指したのは、洲俣の南にある森部《もりべ》と呼ばれる地域だった。

当然「織田軍、木曽川を渡る」との報は、この瞬間に美濃へともたらされる。

美濃では信長の義父である斎藤道三《どうさん》を長良川《ながら》の戦いで討った、息子の斎藤義龍《よしたつ》が約二か月前の五月十一日に三十歳半ばという年齢で急病死しており、子供の龍興《たつおき》が家督を継いでいた。報に接した若干十四歳の龍興は、すぐに家臣に対して動員を命じた。

「大垣城《おおがき》の氏家直元《うじいえなおもと》、北方城《きたがた》の安藤守就《あんどうもりなり》、曽根《そね》城の稲葉良通《いなばよしみち》、西保《にしのほ》城の不破光治《ふわみつはる》。それから、洲俣に最も近い竹ヶ鼻《たけはな》城の長井利房《ながいとしふさ》に陣触れを出すのじゃ」

と命令を発しても信長以外の武将は、動員に少し時間が掛かる。

龍興のいる城より各村へ知らせが放たれ、それを受けて各村から寄子《よりこ》が、武具や武器を持って城へ馳《は》せ参じる。

城では戦闘集団の「備《そなえ》」を編成し、まとまったら出陣となる。

そこから徒歩《かち》で向かうが、尾張以外は街道が細く、今川《いまがわ》軍のように移動時には長蛇の列になり、渋滞しないように各備は複数の街道を選んで広い戦場で合流する。

だから過去に美濃を攻めた時も、二日後に美濃軍が現れたのだ。

藤吉郎が出てからしばらくして、午後二時に十河が次の命令を発する。

「真洲俣線建設開始！」

その声に応《こた》えるように四百人の勢子が、堤を越えて木曽川の土手を下っていく。

四人から十人で力を合わせてバラバラになった橋の部品を持ち、木槌《きづち》などの道具を持った者が後ろから追いかけていく。木曽川の川原に殺到した勢子達に向かって、ヘルメットを被った石田が叫ぶ。

「真木曽川橋　梁《きょうりょう》の架橋始め！」

周囲から『おぉ』という低い声の返事があり、指示に従ってまずは川に単管パイプをハンマーで次々に打ち込んでいく。

同時に真洲俣線の先端にユニット化された鉄板レールが接続されていく。

それは高木が担当していた。

「いいか、水平に気をつけろ。傾けて敷設するな」

清洲から十六キロ。六百以上のユニットを敷設してきただけあって、勢子達は木曽川の砂利をうまく下に敷いて、素早く水平をとって連結させていく。

橋の方は既にパーツとして組み上げてあったので、川に単管さえ打ち込み終わってしまえば、後はクランプと呼ばれる金具で強固に固定するだけだ。クランプの位置と角度によって平衡が失われてしまうので、そこは國鉄職員が総出で調整をする。

二時から開始した架橋作業が終了したのは、四時間後の午後六時頃だった。

旧暦の七月一日は昭和で言えば八月八日にあたるため、既に日は西へと傾いていて一時間ほどで日没を迎えようとしていた。

その頃、洲俣から直線距離にして約五キロの竹ヶ鼻城にいた長井利房の元にも、稲葉山《いなばやま》城経由で知らせが入った。

「織田軍二千が木曽川を渡り、竹ヶ鼻城近くの森部へ向かっているそうにございます」

臣下の乙四郎《おつしろう》からの報告を受けた利房は、夕日の空を見上げる。

「奴《やつ》らの狙《ねら》いは……また洲俣か？」

「前回と同じく南から攻めるものと思われます。すぐにも陣触れを、利房様」

「しかし、なにように昼過ぎに川を渡った？　こんな刻《とき》に渡っては美濃のどこぞで、すぐに野宿せねばなるまい」

意図が読めない乙四郎は、首を傾《かし》げるしかなかった。

「どこかの村で略奪を行うのが目的ではございませんか？」

「まだ稲穂が青い時期にか？」

旧暦の七月頭では稲穂は実っておらず、当然農村には大した食料はない。

そんな時期に侵攻するのに、昼過ぎに川を渡った織田軍が理解出来なかった。

「森部での戦は、明後日となろうな」

そう判断した利房は、乙四郎を見て微笑《ほほえ》む。

「もう夜になろう。この刻から使いを出しても集まるのは明日じゃ」

「承知いたしました。では、夜明けと共に触れを……」

そう言った乙四郎は少し困惑した顔で続ける。

「それと、地の者より『木曽川の羽栗と園城寺《おんじようじ》の間に、織田方が橋を架けておる』との報が参っておりますが……」

あまりにも馬鹿馬鹿しくなった利房は笑い飛ばした。

「あのような場所に橋とな。架けるのに二月《ふたつき》は掛かろう」

「はぁ、そうであろうと思われます」

利房の笑いは止まらなかった。

「さすがウツケと呼ばれる信長だな。二月もどうやって普請を続ける気か？　その間に我らは大軍で必ずや橋の破壊をしようぞ」

「そう思うのですが……」

「その話は忘れてよい。まずは美濃に侵入した軍勢を討つ、橋の件はそれからじゃ」

利房は乙四郎に、城の戸締りと見張りの徹底だけを指示した。

戦国時代の土木工事は、基本的に日が沈む前に終える。

照明機材がない中で、大規模な土木工事を行うことは難しいからだ。

だが、國鉄洲俣攻略軍は、むしろ日が沈んでからピッチを上げた。

軌道モーターカーが五個ずつユニットを積んだ三両の貨車を連結し、羽栗と真洲俣線の最先端工事現場の間を何度も往復する。

最低でもユニットは二百四十個設置しなくてはならないため、十六往復しなくてはならない。羽栗のユニット工場では百名の勢子が貨車にユニットを積み込み、それを軌道モーターカーで押して運び、工事先端部にいる三百名が棒を横に通して神輿《みこし》のようにして一斉に下ろし、設置場所近くへ次々に運んでいく。

こうしたことが可能なのは、材質が軽量な木材と鉄板だったからだ。

先端部では左右にトンカチを持った大量の勢子が待ち構え、置いた瞬間に釘を使ってユニット同士を連結して真洲俣線は延伸していく。

既にユニットで作られていたために、真桶狭間線の時より敷設速度は段違いに速い。

結局、現場と工場を往復する列車の走行時間は、最初は短く、洲俣が近づくと長くなったが、なんとか平均四十五分に一本というようなペースで走った。

次々に設置されていくユニットに、砂利を敷く余裕はなく、

「とりあえず土を載せておけ！」

と、高木が指示したので、枕木を半分埋めるような感じで敷設していった。

このような工事が一晩中続けられたのだ。

真洲俣線を敷設している洲俣へ向かう街道は、美濃の中でも田舎なので、住民は桶狭間の時よりも少なかった。

深夜となっても止まらないコンコンと響くトンカチの音で眠れなかった住民が、木曽川から洲俣に向かって真っ直《ま》ぐ《す》に並ぶ大量のかがり火を目撃して、

「キツネの普請か⁉」

と、腰を抜かして驚き、怖さのあまりに家から外へ出ることはなかった。

この深夜の突貫工事を行うために、十河ら國鉄洲俣攻略軍は昼間に寝ていたのだ。

おかげで日の出てきた五時頃には、真洲俣線用に作った二百四十個のユニットは運び終え、線路は目標としていた洲俣まで約四百メートルと迫っていた。

工事現場での指揮を高木と磯崎に任せた十河は、洲俣城用の資材を満載した最初の貨物列車と共に、軌陸型油圧ショベルに乗ってきた。

軌陸型油圧ショベルにはクローラーがついているので、前後に装備されている軌道アタッチメントを跳ね上げれば線路外でも走ることが出来る。

軌陸型油圧ショベルを初めて見た勢子らは「かっ、怪物じゃ」と目を点にした。

線路脇《わき》を鎌首《かまくび》のようなバケットを持ち上げながらガクガクと走らせた十河は、ゆっくりバックして二回目の城資材を取りに戻ろうとする石田と目を合わせる。

「このレールなら、なんとか全ての資材を無事に運べそうです」

「石田、進捗《しんちょく》状況は順調だ。ゆっくりでいいから確実に運ぶんだ」

「了解しました」

貨物列車は最高時速が十数キロ程度のため、城資材の積み込み、積み下ろし時間を考慮すると、洲俣羽栗六キロの往復には約一時間半かかるようになった。

小平太が縄張りをしていた川が見渡せる丘の上に、十河は軌陸型油圧ショベルに乗ったまま進んだ。

小平太は名古屋工場のプリンターで出力した「洲俣城上面図」と書かれた紙をクリップボードに挟んで持ち、周囲の勢子達に縄を渡して指示している。

城の縄張りの設計は小平太に任せ、その構想を磯崎がパソコンで形にした。

ホームもなにもないが、一応、真洲俣線の終点洲俣駅となる。

洲俣城は百五十メートル四方の大きさで、洲俣駅はその中の西側の端に作られた。

信長は「城」と呼んでいるが、十河らの感覚から言えば「砦《とりで》」だった。

ただ、まだ鉄砲も少なく、騎馬と槍、刀しかない状態では、こうした砦を破壊する効果的な攻撃手段がなく、一度作られてしまうと取り除きにくいということだった。

「これをあちらから、こちらまで一町張るのじゃ」

勢子らは二人組になって、指示に従って縄のついた木の杭《くい》を地面に打ち込む。

この縄に従って塀や壁が作られていくのだ。

小平太は勢子らに向かって叫ぶ。

「まずは馬止柵《うまどめさく》を周囲に立て、周囲を掘り下げよ」

軌陸型油圧ショベルでやってきた十河を、小平太は嫌そうな物を見る目で見上げる。

「それでなにが出来るのでござるか？」

「まぁ、見ているといい」

興味津々の小平太は、十河の後ろについて歩く。

十河は軌陸型油圧ショベルを城の周囲に堀を作ろうと地面を掘っていた勢子近くに移動させ、ブームを伸ばして巨大なバケットを地面に叩き込む。

バケットが半回転すると大量の土が中に入り、引き上げれば下に大きな穴が開いた。

見たこともない凄《すさ》まじい力に、周囲の勢子達が『おぉ』と驚き声をあげる。

「なんと、これは堀を作る機械でござったか⁉」

「軌陸型油圧ショベルだ。穴を掘るだけじゃなく、杭を打ったりも出来る」

「にしても……しょべるは百人力以上の働きでござるな」

相変わらず新しい英語は、しゃべりにくそうだった。

「堀は任せておけ」

十河が右手を挙げると、小平太は丁寧に頭を下げる。

「総大将自ら、かたじけのうござる」

「動いていた方が、気が楽なのでな」

十河は口元を緩ませて微笑んだ。

軌道検査長などと呼ばれる役職に上がったが、十河は保線区の現場監督が好きだった。

ダムやマンション工事と違って、保線作業では監督と言えども現場でふんぞり返っておられず、常に先頭に立って工事を行わなくてはならなかった。

だから、こうしている方が気楽だったのだ。

バケットを上下させて洲俣城の堀を作りながら（少なくともあのまま昭和の時代にいれば、きっと、今頃は保線に関《かか》わる仕事など出来ていなかっただろう）と、十河は自分の運命の不思議さを考えた。

勢子らは既に加工の終わっている塀を拾ってきては縄に従って並べ、他の者が杭の上から大きな木槌で叩《たた》いて埋めていった。

この時、すっかり日は昇り、午前九時となっていた。

國鉄は突貫工事で線路を敷設し、そのまま城の建設に取り掛かるという完全なブラック企業だが、ここは敵地の真《ま》っ只中《ただなか》であるという緊張感が全員を突き動かした。

しっかりとした城が完成しないうちに、美濃軍が現れれば自分達の命も危ないことは、全員がよく理解していたのだ。

洲俣築城に関わった者は、自分が担当している仕事が止まった時間を狙って仮眠、休憩、食事を各自でとり、全員でまとまった休みはとることなく働き続けた。

幸い午後二時まで敵が現れることはなかった。

もうすぐ日が沈むから、十河は（やはり敵の攻勢は明日か）と考えていた。

軌道モーターカーは止まることなく運行され資材を運び続けた。

おかげで大量の城建築用資材が届けられたが、いくら事前にパーツ化しておいても、組立には時間が掛かるもので、城の中には建築資材が山積みという状態だった。

羽栗より洲俣へは東側にあたり、西側は長良川の川岸となるため、斎藤軍は北か南から攻めてくる可能性が高いと考えられた。そこで、その方位を優先して軌陸型油圧ショベルで掘り下げて塀を作り、馬止柵を並べて打ち込んだ。

馬止柵も勢子なら木槌を持った三、四人がかりで五分はかかるところだが、バケットで押し込んでやれば、いとも簡単に土に埋め込むことが出来た。

北と南の堀をある程度完成させ、七度目の資材を運んできた貨物列車を見送った十河が資材の上に座っていると、高木と磯崎がやってくる。

「お疲れ様ですな、十河検査長」

磯崎が握り飯三つと漬物が入った竹皮の包みを差し出すと、疲れていた十河は座ったまま受け取った。

「すまんな、磯崎」

突貫工事が予測出来たため、さすがの藤吉郎は予《あらかじ》めこうした兵糧も羽栗の工場で作らせて、数時間ごとに貨物列車に積み込むように手配してあったのだ。

竹皮を開いた十河は、遠慮することなく玄米の握り飯を頰張《ほおば》る。

「うまいな」

すっかり空腹など忘れていた十河は、十二時間近く食事をとっていなかった。単なる握り飯に過ぎなかったが、その味は豊潤で、熱田《あつた》の塩がとても美味《うま》く感じた。

高木は残った足軽百名が武装したまま警戒する周囲を見回す。

「この時刻まで敵が出てこないということは、藤吉郎の陽動は成功したか？」

「そう考えていいだろう」

「そうなら助かるんだが……。明日の朝まで時間があれば、砦としてかなりの完成度までもっていけそうだからな」

千九百の兵を率いた藤吉郎に美濃領内に侵攻してもらい、洲俣から直線距離で三キロほどの森部へ進出し、斎藤兵を引きつけてもらう作戦だった。

藤吉郎の部隊は決戦を行うことなく美濃領内をのらりくらりと移動し、城がある程度完成する今夜に、一気に戻ってきて合流して立て籠《こ》もる手筈《てはず》になっていた。

予測通り斎藤勢は藤吉郎の部隊を捕捉《ほそく》すべく、森部周辺を包囲するように全軍を集結させたらしいが、藤吉郎の軍は森部に現れなかった。

歴史に詳しい磯崎は、少し嬉《うれ》しそうに笑う。

「もしかすると『洲俣の一夜城』は、単なる作り話かもしれませんな」

「どういうことか、磯崎」

「実は秀吉が作ったと言われる一夜城について書かれているのは『武功夜話』という文献だけで、一流の資料には出てこんのですよ」

十河は二つ目の握り飯を食いながら聞き返す。

「そうなのか」

「この武功夜話の資料的価値は、疑問視されていますからな」

それを聞いた十河の顔からは少し緊張感が抜けた。

「もしかすると、洲俣の一夜城を作ったのは我々國鉄が初めてで、こうして城を築くことはあっても、そんな激戦にはならなかったということか？」

そんな二人の会話を聞いた高木はフッと笑う。

「この時代の者なら、一夜で城が出来た時点で腰を抜かしてしまい、そんな不気味な城を攻めようなんて考えないんじゃないか？」

「そうかもしれませんな」

顔を見合わせた三人が笑い合った瞬間だった。

南の方に立っていた足軽らがザワつきバタバタと動きだす。

十河らが見ると、足軽達が遠くを見つめており、その先には騎馬に率いられた軍勢が見えてきていた。

「噂《うわさ》をすれば……藤吉郎の軍勢が戻ってきたようですな」

そんな磯崎の予想は、足軽の叫び声によって粉砕される。

「敵襲――!!」

「藤吉郎の軍勢ではないのか?」

予想外の展開に磯崎は狼狽《うろた》えたが、十河は竹包みを投げ捨て高木に指示する。

「南から来たか。警報だ、高木」

頷《うなず》いた高木は、胸ポケットから国鉄の銀の笛を取り出して思いきり吹き鳴らす。

耳をつんざくようなピィィという音が洲俣城建設現場に響き渡った。

事前の知らせで笛の音は敵襲の合図であると分かっている勢子達は、現場を放棄して洲俣城内へ急いで戻り、柵や門を閉じて応急処置で固定しようとする。

勢子らには「敵襲時は逃げてもよい」と知らせていたが、苦労して作っている洲俣城から逃げ出す者はおらず、反対にそれぞれが武器を手にし始めた。

十河の言葉に心打たれた勢子達は、それに応えようとしているようだった。

長良川川岸の丘に作られた信長軍の洲俣城に迫っていたのは、竹ヶ鼻城主長井利房など五騎に率いられた、主に徒歩の兵五百ほどだった。

五百メートルほど手前から、笛の響く洲俣の丘を見た利房は自分の目を疑った。

「あのような場所に、もうあそこまで城が出来ておるじゃと⁉」

斎藤龍興からの使者に「洲俣に城が築かれたとの知らせあり。至急、確認せよ」と告げられた利房だったが、正直信じていなかった。

結局、美濃に侵入して「森部辺りに来る」と言われていた信長軍は、逃げ回るばかりで捕捉出来なかった上、このような信じられない内容の確認に行かされた利房は、不満タラタラだったが「命令ならば」と洲俣へやってきたのだ。

だが、洲俣では驚愕《きょうがく》の現実が待ち構えていた。

目を見開いた利房は、轡《くつわ》をとって乗馬の近くを歩く乙四郎を叱《しか》りつける。

「なぜに洲俣の物見を怠っておった！　乙四郎」

「どういうことでしょうか？　利房様」

利房は、高い塀に囲まれた城の周囲に二重に並べられた馬止柵を指差して、激しく怒りながら叫ぶ。

「あのような立派な城が、一夜にして建つわけがなかろう。『何日、洲俣への物見を怠っておったのか⁉』と聞いておるのじゃ」

振り返った乙四郎は「滅相もございません」と声をあげる。

「わたくしは『信長軍が木曽川を渡った』との報を受け、昨日の夕方に物見に参っておりますが、あのような城はございませんでした」

「嘘《うそ》を申すな！」

怒り心頭の利房に、乙四郎は必死に弁解する。

「嘘ではございませぬ！」

利房は右手で何度も目を擦《こす》ったが、城が消え去ることはなかった。

周囲の勢子や足軽が城の中へ入り手に手に武器を取って籠城《ろうじょう》の構えを見せている。

乙四郎の言葉を信ずるなら、あの城は一夜の間に造られたことになるが、どうすればそういうことが出来るのか、利房には想像もつかなかった。

天狗《てんぐ》や鬼のような異形の者がやってきて、一晩で建物を作ったという伝承を聞いたことはあったが、まさかそれを自分が目にするとは思いもしなかった。

悔しさから奥歯を噛《か》み、歯をギリと鳴らした利房は前を見据えたまま呟《つぶや》く。

「ならば、洲俣に一夜で城を築いたとでも……申すのか、乙四郎」

魔物を相手にするような恐怖を感じた利房の声は震えていた。

「残念ながら……。それが事実でございます」

どのような妖術《ようじゅつ》を使って、一晩で城を出現させたか利房には分からなかったが、やらねばならないことは決まっていた。

利房は黒い兜を被り直しスラリと刀を引き抜き、それで不気味な城を指す。

「あのような城、あってはならぬのじゃ。皆の者、わしに続け！」

利房が足で馬の腹を蹴《け》ると、乙四郎の手を離れ馬が走りだす。

だが、完全装備の武者を乗せて走る馬の速度は、時速十キロといったところ。

周囲の徒歩の足軽らが全速力で、先頭を行く利房の馬を追いかけた。

全周約六百メートルの洲俣城内は、突如現れた五百人程度の敵襲に大騒ぎとなっていたが、奇襲を受けた今川本陣のように混乱したわけではない。

斎藤軍からの攻撃は予測されていたものであり、工事中に敵襲があった場合の対処方法は予め決められていたのだ。

十河は総大将だが、戦に関しては命令権を小平太に譲るとしている。

「勢子は城の中へ入れ。兵は南の塀に沿って並び斎藤勢を迎え討て、急ぐのじゃ」

小平太の指示を受け、城の中を忙しく長槍《ながやり》を持った足軽がテキパキ配置につく。

「時間を稼げばよい。敵が現れたということは、すぐ後ろに藤吉郎殿の本隊が迫っておる。しばらく持ち堪《こた》えれば救援に駆けつけて来よう」

足軽百名は『おぅ』と鬨《とき》の声をあげて応え、南側の馬止柵の後ろに横一列で並び長槍を構えた。

他にも城内には四百名からの男がいるが、全員勢子であって武士ではない。

勢子らは資材と一緒に運ばれてきた槍を構えたり、石や角材、木槌といった工具や資材を各々の手に持ち、足軽のいない南以外の三方に分かれて配置につく。

だが、それは四百人の市民が、軍隊の前に立つようなものだ。

もし、まともに戦になったら、瞬時に崩壊してしまう。

十河は他の國鉄職員と共に東側の洲俣駅に集結して、迫る美濃軍を見つめていた。

「五百対百だと……五倍の兵力差だな」

高木は自分の私物のバッグから、清洲で新たに作らせた木刀を一本取り出す。

「人殺しにはなりたくないが……殺されるのは勘弁願いたいな」

さすがに剣道有段者の高木だけに、刀を天に掲げる姿は美しく映えた。

「戦うのか？　高木」

「安心しな。全員、峰打《みねう》ちだ」

時代劇役者のように微笑んだ高木は、木刀を右手に持って東側の柵へ向かって歩いていくと、覚悟をすぐに決めた磯崎は、その場に胡坐《あぐら》をかいて座る。

「本物の戦を見ながら駅で死ぬとは、歴史好きの國鉄職員として最高の死に方かもしれませんな」

石田は近くに置いてあった角材を拾い上げて両手で持ち、胸の前で斜めに構えた。

「十河検査長は自分が命に代えて守りますから」

「感情的に人生を歩むなと言っただろう、石田」

いつ死ぬか分からない戦国時代を生きたことで、石田の考えは変わってきていた。

「自分は自分の気持ちに素直に生きることにしました」

微笑んだ石田は、十河の前に立ち、迫る美濃軍を睨《にら》みつける。

五十メートル前で左右に展開した美濃兵が、スルスルと洲俣城を取り囲む。

川が迫る背水の北側までは回り込めないために、陣形をコの字形にして正面の南に三百、西に百、線路が続く東に百名ほどがついた。

桶狭間の時は戦に関《かか》わらなかった十河らは、攻められる側となって槍や刀を向ける鎧武者と対峙《たいじ》すると、体が縮み上がりそうな恐怖を感じた。

全員が武器を取り出し構えると、斎藤方の中央の騎馬武者に刀を振り下ろし命ずる。

「かかれ――‼」

応えるように地響きのような『おぉぉぉ』という鬨の声をあげながら、斎藤勢が三方から洲俣城へ向かって殺到してきた。

信長の兵として加わった時は心強い気がした鬨の声も、こうして突撃を受ける側で聞くと、十河らは恐怖で体がブルリと震えてしまった。

最も多くの兵が配置された南側から、馬蹄《ばてい》の響きと共に足軽の叫び声が迫ってきた。

すぐに槍や刀が馬止めや塀に当たる打撃音や金属音で周囲は満たされ、洲俣城の周囲全てで戦いが始まる。

数に勝る美濃軍に策はなく、力の限りに押しまくってきた。

「洲俣城は國鉄守殿が作った城ぞ。簡単には落ちぬ！」

小平太が走り回りながら、南側の足軽達を鼓舞する。

一夜とは言え、既に資材の七割は組立が終わっていた城である。

また、軌陸型油圧ショベルによって作られた堀は深く、工場で完全に作り込んでから持ち込まれた塀は頑強で、三倍の兵力差があっても十分に耐えた。

そのため両軍が塀を挟んでの一進一退の激しい攻防が続く。

「鎧を着て刃物を振り回すだけとは芸がねぇなっ」

木刀で戦に加わった高木は国鉄では見たことのない鬼のような顔となり、いつもなら寸止めにしなくてはいけない剣撃を、遠慮することなく斎藤方の兵に次々に打ち込んでいた。

全ての兵が完全な鎧を着ておらず、高木は露出していた首筋、足首、胴の隙間《すきま》などを正確に捉《とら》えて強烈な一撃を打ち続けた。

「國鉄の路線は、もう一本も廃線にさせんぞ！」

高木は顔を紅潮させ、口元は微笑んでいるように見えた。

いくら木刀といえども、全力で喰《く》らえばタダでは済まない。

戦場で打撃を受けてふらつけば、高木がやらなくとも別の兵が槍でトドメを刺す。

おかげで高木のいる塀付近は、美濃兵が「きっ、鬼神か⁉」と恐れて引き下がる。

桶狭間で戦を遠くから見ていた十河だったが、血生臭い人同士の殺し合いに慣れることは出来なかった。

「やはり壮絶なものだな……」

数秒のうちに誰《だれ》かが手を切られ、足に槍を刺され、刀が肩口に深々と入った。

周囲ではやられて叫ぶ足軽や勢子達の声が絶えることなく響き、その声は時間を追うごとに激しさを増した。

そんな戦いが約一時間続いたが、藤吉郎の軍はまだ洲俣に現れない。

勢子らは人数だけはいるが作業員であり、昨日から徹夜で土木作業をしてきたこともあり、多くの者の顔に疲労が浮かんでいた。

周囲は完全に斎藤勢に包囲されているため、今更逃げ出すことも難しい。

「このままでは持たんな……」

歯痒《はがゆ》くなった十河は奥歯を嚙《か》んだ。

自分達が自衛隊や警察なら戦いようがあったと思うが、国鉄職員は物を素早く運ぶことは出来ても、兵として戦うことは難しかった。

せめて軌道モーターカーが手もとにあれば、勢子達だけでも洲俣城から脱出させてやることが出来たかもしれないが、丁度、羽栗へ戻していたタイミングだった。

「藤吉郎はなにをしているんですか⁉」

横にいた石田は焦りながら言う。

「分からんな。どこかで美濃勢の足止めを食っているかもしれん」

「これで美濃勢の方に増援でも来れば、自分達は……」

石田の額から汗が流れ落ちた。

「現代で散った国鉄を、戦国の世で……と思ったが……」

そう呟いた十河は迫りくる斎藤勢を睨みつけて呟く。

「やはり國鉄も散るが運命《さだめ》かっ！」

追い込まれた十河の心が、ふっと吹っ切れた。

その時、羽栗へ続く線路付近の門を守っていた勢子が叫ぶ。

「東の門が破られる！」

「散るが運命ならばっ」

ヘルメットを被り直した十河は、軌陸型油圧ショベルに向かって走り出す。

「十河検査長、どうするつもりですか!?」

「せっかく作った線路や駅を壊されるのは、保線屋として耐えられん」

十河は、軌陸型油圧ショベルのキャビンに乗り込みドアを閉める。

そして、コンソールの黒いボタンを押してエンジンをかけた。

ガルンとディーゼルエンジンが回り、後部のマフラーからは黒い煙が舞い上がる。

「これで驚いて逃げ出してくれ」

十河はそう願いながら、フロアから伸びる二つの操向レバーを前へ倒す。

かつての第一次世界大戦で戦場に初めて戦車が登場した時、その異様な姿を見ただけで「パニックを起こして逃げだした」という話を十河は聞いたことがあった。

ガガガッとクローラー音を立てながら軌陸型油圧ショベルが線路脇を進み、両軍が入り乱れている崩れかけの東門付近へ進んでいく。

ここは線路を通しての物資搬入を考慮して、他の部分よりも塀や馬止柵が手薄になってしまっていたのを美濃勢に付け込まれたのだ。

こちらの勢子は見慣れていたが、塀の向こうから見る美濃兵には怪物だった。

「なっ、なんだあれは──!?」

口々に叫ぶ美濃勢は目を見開き唾《つば》を飲み、動揺して手が止まって後ずさりした。

その瞬間を見逃さず、十河はブームレバーを手前に引く。

強大なバケットを鎌首のように持ち上げ、兵のはるか頭の上に構えてゆっくり進む。

「鬼じゃ、鬼の手じゃ！」

初めて見る軌陸型油圧ショベルの姿は、美濃兵には鬼に映ったようだった。

十河が進めば気圧《けお》された美濃兵は後ろへ下がり、その隙《すき》を狙ってこちらの足軽達が進出して美濃兵を倒して城の外へと追いやった。

完全に恐怖に囚《とら》われた美濃兵らは、二歩三歩と後ろへ素早く下がりだす。

「これで総崩れに追い込めるか」

それしか勝ち目がないと考えた十河は洲俣城内に留《とど》まることなく、崩れかけの東門から軌陸型油圧ショベルで外へ出た。

『うおぉぉぉぉぉぉぉぉ‼』

東の壁に並んで戦闘を続けていた美濃兵が、一斉に声をあげて飛び退《の》く。

「これでもくらえ！」

十河はトドメに警笛を鳴らす。

ファァァンというこの時代には聞いたことのない警笛は、美濃兵内にパニックを引き起こす。一人が逃げ出したことで、周囲の者が叫びながら壁から一斉に後退し始めた。

おかげで東側の戦況は一気に好転した。

「これでどうにか……」

十河が少し気を許した瞬間だった。

すぐ近くの草むらの中から、立派な黒い鎧兜を着た武者が突如現れた。

立派な髭《ひげ》を生やした凜々《りり》しい顔は、背中を晒《さら》して逃げ出している足軽達とは、まったく違うことがすぐに分かった。

「者共引くなっ。鬼などではない！　こいつはなにかのカラクリじゃ」

黒い武者は槍をしごいて十河の座るキャビンに矛先を向ける。

十河はバケットを下げながら回して払おうとするが、武者はキャビンの横へ素早く回り込みドア側から十河を刺そうと狙い迫ってきた。

もっと、思いきりブームも振り回してバケットを当てれば、人など一たまりもないことは分かっていた。

だが、十河の心には、まだ（人を殺すことは出来ん）という思いが残っていた。

法律もない戦国時代で自らが命を狙われる立場となっても、十河は人を殺すことに躊躇《ちゅうちょ》していたのだ。

「十河検査長――‼」

叫んだ石田が城内から助けようと飛び出してくるが、距離が遠く間に合わない。

狙いを定めた武者の顔がニヤリと笑ったように見えた。

「ここまでかっ」

十河が死を覚悟して目を瞑《つぶ》った瞬間、周囲に響き渡るような銃撃音が響く。

雷鳴のような銃撃音と同時に、黒い武者の動きはピタリと止まり表情が消えた。

小さく「……うぅ」と唸《うな》ってから、そのまま前へ俯《うつむ》き倒れ込む。

武者の黒い鎧の背中には小さな穴が開いていて、そこから血と煙が出ていた。

音のした方を振り返ると、列車が現れ洲俣城にゆっくり近づいてくる。

軌道モーターカー前の貨車には、鎧姿の下山、加賀山、仁杉が立ったまま乗っており、仁杉は両手で全長百三十センチほどの火縄銃を構えていた。

黒い武者は仁杉によって狙撃されたのだった。

貨車には城の追加資材と一緒に百名からの足軽も乗っており、軌道モーターカーが十河の横に停車した瞬間、全員が一斉に飛び降りる。

「信長……」

その中央には信長の姿があり、十河の顔を見て微笑む。

「十河、洲俣城の建築、大儀であった」

その瞬間、体中から力が抜けて、十河は「助かった」とシートに体を投げ出した。

信長は刀を振り上げて、洲俣城南に残っていた美濃兵へ向ける。

「皆の者、美濃兵を蹴散らせ――――!!」

鬨の声をあげた尾張兵は、列車でやってきたことで疲労しておらず、美濃兵に向かって大声をあげながら全速力で走り込んでいく。

反対に斎藤勢は洲俣までの徒歩行軍で疲弊したにもかかわらず、休憩もなく戦に突入している。その上、一時間以上、断続的な戦闘を強いられ疲労困憊《こんぱい》だった。

そのため一気に戦況は「信長有利」に傾いていく。

貨車から飛び出した下山が、十河の乗る軌陸型油圧ショベルの横で立ち止まる。

「なんだよ、死んでなかったのかよっ、十河さん」

「命拾いをした、下山。ありがとう」

下山は横を向いたまま舌打ちをする。

「別にあんたを助けに来たわけじゃねぇよ」

「そうか……」

「命令だよ、命令。俺達《おれ》は信長の足軽として、ここへ来ただけなんだからよっ」

そんな下山を見ていた鎧姿の加賀山は、首の後ろに両手を組んで呆《あき》れる。

「素直じゃないっすねぇ〜下山さん」

「なにがだっ」

加賀山は下山を指差す。

「下山さんが信長に、援軍をお願いしたんじゃないっすか」

その瞬間、下山は鎧の隙間から打ち抜くように、加賀山の腹にパンチを入れた。

加賀山は「ぐっ」と唸って体がくの字になる。

「そうした方が武勲を立てるチャンスがあると思っただけだ、行くぞ」

兜を被り直した下山が長槍を抱えて走り出すと、加賀山は「待ってくださいよ」と声をあげながら背中を追いかけた。

信長の援軍は百名程度だが鍛え抜かれた馬廻衆であるため、南の塀に張り付いていた美濃兵をあっという間に押し戻し、次々に討ち取っていく。

やっと息がつくことが出来た十河は、キャビンから外に出た。

「すみません……お助けすることが出来ず」

申し訳なさそうな顔で石田が出迎える。

「石田が悪いわけじゃない」

「それはそうですが……」

十河は微笑んで言った。

「気にするな、石田。生き残れたのだから……それでいい」

そんな感覚は国鉄時代に味わったことはなかった。

一日の中で「死ぬかもしれない」という感覚を味わうことはなく、ただ仕事を終えただけで、こんな充実感を味わうこともなかった。

その感覚に二人は不思議なものを感じていた。

「確かに……そうですね、十河検査長」

石田は十河を見て微笑み返す。

そこへ火縄銃を抱えた仁杉がゆっくりとやってきて、倒れていた黒い甲冑《かっちゅう》の武者の脇にしゃがみ込む。

そして、両手を合わせて目を閉じて冥福《めいふく》を祈った。

「申し訳ない想《おも》いをさせたな、仁杉。だが、おかげで助かった」

十河が背中越しに声をかけると、仁杉は立ち上がって振り返り火縄銃をなでるように触りながら小さな声で囁《ささや》いた。

「すみませんでした……。どうしても本物の火縄銃を撃ってみたくて……」

久しぶりに聞いた仁杉の声に、十河と石田は驚いて顔を見合わせた。

下山に誘われて足軽を始めたが、ミリタリー趣味の仁杉は単に「火縄銃が撃ってみたかった」から加わっていた。

頭を下げた仁杉は、しばらく國鉄を抜けていたことを申し訳なく思っていた。

「気にすることはない。おかげで助かったのだから」

十河は仁杉の肩を軽く叩いた。

その時、南の方から『おぉ』という鬨の声と共に、大勢の足音と馬蹄の音が響いてくる。

「美濃の新手か⁉」

振り返った十河が南を見つめ、洲俣城内には緊張感が走る。

だが、その先頭にあった馬の上には、笑顔の藤吉郎の姿があった。

「木下藤吉郎、只今《ただいま》参上つかまつる――‼」

新たに現れたのは陽動で動いていた藤吉郎の軍勢だった。

その数千九百名が戦場に現れたことで、戦況は完全に織田方へ傾く。

形勢不利と見た長井利房は全軍に「退却じゃ」と指示し、藤吉郎の軍勢に追われるようにして洲俣から消えていく。

藤吉郎は真っ直ぐに十河の元へ走り寄り、馬から飛び降りて抱きついた。

目からは涙が溢《あふ》れ出していて、藤吉郎は心から十河の無事を喜んでいるようだった。

「ご無事であったか〜國鉄守殿。よかった！　よかった！　ほんによかった！」

少し大袈裟《おおげさ》なアクションに十河は戸惑った。

「大丈夫だ、この通りケガもない」

「氏家直元に行く手を阻まれての。洲俣へ来るのが遅うなってしもうたんじゃ」

体を離した藤吉郎は、腰から上半身を折って頭を下げる。

「すまぬ、この通りじゃ。許してくだされ、國鉄守殿」

奥歯を噛みながら言った言葉には悔しさが潤んでいた。

申し訳なく思った十河は、両肩を持って起こしてやる。

「謝らなくてよい。藤吉郎のせいではない」

悔しそうだった藤吉郎の顔が一瞬で笑顔に変わる。

木下藤吉郎とは、本当に喜怒哀楽の激しい男だった。

十河の手をとった藤吉郎は、両手で包み込む。

「國鉄守殿はなんと心の広いお方じゃ。わたくしめは一生ついて参りますぞ」

藤吉郎は屈託のない顔で、思いきり笑った。

その時、美濃勢を完全に追い払った洲俣城からは、勝ち鬨が上がった。

そこに真洲俣線を作った歓喜に湧《わ》き上がる勢子らも加わり、すぐに洲俣城内はお祭り騒ぎとなっていった。

八章　信長の鉄道

永禄《えいろく》四年七月中旬のある日。十河《そごう》は清洲《きよす》城で信長《のぶなが》と会っていた。

主な目的は洲俣《すのまた》城の城主を藤吉郎《とうきちろう》に移管することと、築城成功に際して信長から送られた金子五十枚の褒美の礼をするためだった。

金子や銀子は金や銀で作られた高額貨幣で、金子一枚で米が四十二石買えたというので、褒美の合計を米に直せば二千百石となる。

一石を百五十キロとして換算すれば米三百十五トンとなり、再び銭に換算すれば三万一千五百貫となり、現代の価値で言えば三十一億五千万にも上った。

こうした点が経済に強い信長の凄《すご》さといえる。

無論、十河は褒美を全《すべ》て國鉄に入れたのではなく、藤吉郎や小平太《こへいた》と分けた。

いつもの板間の広間の奥に信長がおり、向かい合うようにして十河が座っている。

「此度《このたび》の働き、見事であった」

「あれは木下《きのした》殿や服部《はっとり》殿のおかげで――」

そこまで言った十河は付け加える。

「いや、多くの勢子《せこ》らのおかげだ。彼らがいなかったら私は……」

信長はフンッと鼻から息を抜く。

「面白い考えをするの、十河は。勢子らまで気にかけるとは」

「鉄道建設は優秀な勢子がおらぬと話にならん」

「じゃから國鉄で召し抱えることにしたのか？」

勢子を「常時雇う」という変わったことを始めた十河を、信長は心の底から「おもしろい奴《やつ》じゃ」と感じていた。

「あそこまでの線路建設の手練《てだ》れを手放す手はないからな」

十河は信長を見ながら微笑《ほほえ》む。

真洲俣線建設を手伝った勢子のほとんどを、十河は國鉄職員として雇ったのだ。

そんな十河に向かって、信長はニヤリと笑いながら凄《すご》いことを言い出す。

「来年度からは真美濃《みの》線が必要になろうからな」

「真美濃線だと？」

「洲俣に城が出来た以上、次は美濃を獲《と》る。十河、準備しておけ」

信長の顔は自信に満ちていたが、十河の顔はあまり優れなかった。

木曽《きそ》川で停《と》まっていた信長の美濃攻略戦が、洲俣城のおかげで動き出した。

当初は洲俣城の完成と共に真洲俣線は撤去する予定だったが、洲俣城が美濃領に食い込んだ最前線となったことで、多くの物資を送り込む必要が生じた。

そこで、真洲俣線はそのままとし、毎日数便の列車を走らせて人や荷物を送り続けることになったのだ。

洲俣への輸送運賃については「しばし上納金を許す」ということで折り合いをつけた。

問題になったのは、清洲から羽栗を経由して洲俣へ至る線路を走る列車だった。

鉄板レールのため車重のあるC11形やDD16形は入線することが出来ない。

だからと言って、軌道モーターカーを使うわけにもいかなかった。

軌道モーターカーはディーゼルエンジンであり、燃料の軽油は名古屋工場の地下タンクにあるだけで、戦国で手に入る算段がつかなかったからだ。

「しかし、馬に牽《ひ》かせるとは、よう考えたの」

「残念だが、速度が遅い」

「いや、荷があれほど一度に運べれば、十分じゃ」

信長は満足げに笑った。

十河は真洲俣線については馬車とした。馬であれば燃料を消費することもなく、線路のダメージも少ないと考えたからだ。

さすがにチキ６０００形は馬では牽けず、軌道モーターカーのトロッコを使用した。

だが、こうした対応は、付け焼き刃に過ぎないことを十河はよく知っていた。

鉄道は迅速な輸送を行ってこそ意味があるものであり、馬と同じ速度で運んでいるようでは、あまりメリットがないからだ。

信長は十河の顔を真剣な目で見つめる。

「して、十河。お主はこの後、國鉄をどうするつもりじゃ？」

「そうだな。真東海道本線の列車数を増やし――」

十河の言葉を信長は遮る。

「そう近い先のことではない」

「というと？」

信長は右目だけを細めて言った。

「わしの野望は天下布武じゃ。その時、十河はなにを獲る？」

その目を見つめていると、信長は十河らのことを何もかも知っているように思えた。

信長にならば目指す野望を伝えても、十河は問題ないような気がした。

十河も真剣な目で見つめ返し、一拍置いてから答えた。

「未来永劫《えいごう》、日本の隅々に列車が走る鉄道会社を作る……言うなれば天下布設だ」

自分達の素性を信長に明かしたわけではないが、この時は分かっているような気がして正直に夢を語った。

「ほぉ、壮大にして、荒唐無稽《こうとうむけい》じゃが……素晴らしい夢じゃの」

「そのためには、やはり鉄のレールがいる」

十河が真剣な顔で見つめた信長は、顔色一つ変えず静かに返す。

「分かっておる」

予想外の返事に十河は少し驚いた。

「なにか策があると？」

「羽栗《はぐり》より北東へ四里半行ったところに『関《せき》』という町がある。この町の山間《やまあい》には大規模なたたらが多くあり、そこで大量の鉄を作っておる」

信長は意味深な顔で微笑む。

「それは美濃の東か？」

「そうじゃ、ここを獲ればレールが作れるかもしれぬ……」

「つまり美濃を獲ることは、國鉄にも意味があると」

信長は、新たなレールを手にすることが出来ず、十河が路線延伸に困っていたことをしっかりと理解していたのだ。

十河も信長に対して、今まで感じたことのない信頼を感じていた。

目を見つめていた信長は、視線を外に向けて言った。

「わしの進軍に鉄道はなくてはならんのだ、十河」

こうして鉄道が必要とされることに、十河は心から嬉《うれ》しく感じた。

「では真美濃線について測量を始めておこう……信長」

「であるか」

信長は嬉しそうに笑った。

十河と信長が見つめる戦国の青い空は、どこまでも高く続いていた。

車両紹介

INTRODUCING VEHICLES

C11形蒸気機関車

1932年から生産された蒸気機関車。全長12.65m、全高3.9m、重量66.05t（運転時）。定格出力610馬力で、最高運転速度は時速85kmである。

DD16形ディーゼル機関車

1971年から生産された。全長11.84m、全高3.92m、重量48t。定格出力800馬力で、最高速度は時速75kmである。

ソ80形貨車

1956年から生産された、事故救援用操重車。回転式キャブとクレーンを装備している。

TMC-100形軌道モーターカー

1956年から生産された、保線用として小型貨車を牽引できる軌道モーターカーである。

チキ6000形貨車

1977年から生産されたレール運搬などに使用した汎用長物車である。

軌陸型油圧ショベル

軌道上と道路上とで兼用することのできるショベルカー。

写真提供
フォトライブラリー／磯部祥行／櫛引森之介／松井軌道株式会社

本書はハルキ文庫の書き下ろし作品です。

Haruki Bunko
ハルキ文庫

と 9-1

信長鉄道《のぶながてつどう》

著者 豊田《とよだ》 巧《たくみ》

2021年11月18日第一刷発行

発行者 角川春樹

発行所 株式会社角川春樹事務所
〒102-0074 東京都千代田区九段南2-1-30 イタリア文化会館

電話 03(3263)5247(編集)
03(3263)5881(営業)

印刷・製本 中央精版印刷株式会社

フォーマット・デザイン 芦澤泰偉
表紙イラストレーション 門坂 流

ISBN978-4-7584-4444-6 C0193 ©2021 Toyoda Takumi Printed in Japan
http://www.kadokawaharuki.co.jp/[営業]
fanmail@kadokawaharuki.co.jp[編集] ご意見・ご感想をお寄せください。

機本伸司の本

神様のパズル

「宇宙の作り方、分かりますか？」
——究極の問題に、天才女子学生＆
落ちこぼれ学生のコンビが挑む！

「壮大なテーマに真っ向から挑み、
見事に寄り切った作品」と
小松左京氏絶賛！〝宇宙の作り方〟
という一大テーマを、
みずみずしく軽やかに
描き切った青春SF小説の傑作。